射《い》なっ！

加藤裕圭
KATO Yukei

文芸社

目次

夏のヨイチ　5
屈辱　17
おたずね者　36
手がかり　52
もたれ　61
約束　91

不穏な空気　119
前哨戦　146
死気体　170
境遇の違い　185
それぞれの覚悟　205
弓始め　215
本当の気持ち　241
弓張の夏　260
あとがき　279

夏のヨイチ

道場破りである。

これが事のはじまりであった。

鹿児島県、私立八坂実《やさかみ》高校弓道部。背の高い白雲と蒼の深い空に蝉の輪唱《りんしょう》がジーンと染みる夏の頃。

――パァンッ。

耳に触れるその蝉しぐれを破って、また一射、的が鳴った。

照りのある黒い床の弓道場だった。一段高い師匠の壇《だん》を正面に、左手の壁は取り払われて夏の陽射しを取り込んでいた。反対の壁には白板が貼られ、弦《つる》の張っていない弓がズラリと立てかけられている。その弓の横に、これまたズラリと立ち並んで、押し黙っている高校生たちの顔、顔、顔。

彼らの表情は一様に苦々しいものを含んでいる。

今、肩を落として引き下がってきた仲間も、むっつりと黙りこくっていた。敗色にまみれた顔つきだった。それを励ますように迎え入れた一群れからやや距離を置いたところで、

「……おい、オロチが後手を引いたぞ」

次戦に向けて、弓掛《ゆがけ》の帯をきつく右手に巻き付けていた一人の男子が隣へささやいた。その小声を受けたのは、五分刈りに頭を刈り込んだいかにも熱血そうな男子生徒である。

「ああ、分かっと」

夏の暑さに汗ばんだ顔が重々しくうなずく。

シュテンは、うなずいたきり一言も発さないギョウブをじっと見やった。

「次は俺が行くが、たぶん負ける。となっと、そんまた次が最後じゃ。最後もしくじりゃあ――」

「分かっとって」

「分かっとんなら手を打たにゃならんじゃろ。何気取って壁に寄りかかっとるか。ギョウブんくせに、似合わん渋か顔までして」

「ギョウブんくせには余計じゃ」

シュテンは射場で悠然と待っている敵影を一瞥《いちべつ》した。

「是非もなかちゅうやつだ。あいつを呼ぶしかなかろうが。もうこうなったら、こん場を収められるのは、あいつだけじゃ」

「…………」

ギョウブは唸《うな》った。友であるシュテンからこう耳に痛い忠言を食らうのは、ギョウブが八坂実高校弓道部の部長であるからにほかならない。

シュテンは言葉を重ねた。

「一年の半分は体作らせに外へ走らせにやっとる。もう半分は巻藁場で的《まと》、作らせとるわ。二年は離れの道場に缶詰めだし、手ぇ空いとったぁお前しかおらんぞ」

「いらんこと言うな。こちとらさっきからそれ考えて、鬱になっとっとがや」

「お前の精神失調で部の面目が立つなら、安かもんじゃろ」

「……部長を敬おうて考えがなかとか、おめえには」

ギョウブはため息をつき、壁から身を離すと、

「頭、下げてくらあ。呼びつけてくっまでは、そっちも頭下げて相手さんを引き留めとけ。絶対に道場から逃がすなよ。柱に縛り付けてでも待たせちょけ」

そう言って白足袋《しろたび》を道場の床から外へ運んだ。

「――道場破りにやられたなんて知れたら、八坂実高校の名折れもよかとこじゃ」

校舎の裏手には緑の人工林が広がっていた。そこは学校の敷地で、教師陣及び生徒たちの憩いの場であり、校外学習も兼ねて立ち入りが可能なビオトープとして整備された区画である。近隣には八坂実高校が持つ経済力の象徴とも見なされているため、職員のみならず、在校生までも大いに誇りとしている場所だった。植えられた木々や花々の合間を歩道が縫い、それに沿って人工の小川が流れている。芝生《しばふ》の植えられたなだらかな丘もあり、

また至る所に屋根付きのベンチもある。そこがまた、昼寝するにはちょうどいい。

　そのうちの一つ。

　小さな沢に面した木造ベンチの上に、涅槃仏《ねはんぶつ》のような寝姿を先ほどからさらしている男子生徒がいた。目をつむっている顔へ木漏れ日が斑《まだら》に落ちている。暑気を忘れさせる涼やかな瀬の音が、昼のまにまに眠気を誘っているとみえ、横たわっている者の呼吸は寝息へと変わりつつある。

　そんなふうにウトウトしているところへ――

「おいっ」

　急き込んだ大声が、転ぶように駆けてきた。頭ごなしに強く呼びかけられた途端、居眠り者の大きな瞳がぱちっと開かれた。

「…………？」

　自分を見下ろしてくるギョウブの怖い顔をいぶかしそうに見つめ返す。

「出番じゃ、ヨイチ」

　横たわったまま動こうとしない後輩へ、手短にそう告げるギョウブ部長だった。それからさっさと身をひるがえしかけるのだ。前後もない。説明もない。厳めしく決めつけてくる物言いに、起き上がった者は従おうとはしなかった。ベンチの上にのせた片あぐらの足首をつかんで、ギョウブのもどかしげな顔をまじまじと見やった。

する。

「なんのことです？」

と、まずは事情を問う。寝損なってしまったことへのあてつけに、あくびをこぼしたりする。

——ヨイチは、潤んだ瞳をしばたたかせた。

反対に、ギョウブ部長は何をのん気などとでも言いたげに目角を立てる。

「お前の腕が必要になった。いいから来え」

「話が見えませんよ」

「話は道々する。部の一大事じゃい。——とにかく、四の五の言わんと来てくれ」

「…………」

じれったそうに足踏みしている先輩をつらつらと観察するヨイチだった。焦慮《しょうりょ》のにじむ相手の語気はとても嘘とは思えない。だが、ヨイチには容易にその場を動く同情心を持てなかった。問題をつまびらかにしない無作法っぷりは言うまでもなく、無理強いしてこようとするその態度に、反発を覚えたのだった。

ギョウブ部長もヨイチが無言のうちに抱えている不満を覚《さと》ったらしい。

「大ごとになっかもしれん。——頼む、力、貸してくれ」

気ぶりも言葉つきも改めるや、一歩身を引いて頭まで下げた。

ため息をつきつつ、ヨイチは落ち着けていた腰を持ち上げる。

すると、ギョウブ部長の顔に安堵《あんど》の色が浮かんだ。

二人は足早に、来た道を戻り始めた。

「で、何があったんです？」

「道場破りじゃ」

「は？」

自分の質問に予想外の答えが返ってきたことに、ヨイチは思わず眉根を寄せた。今時、めっきり聞かなくなった言葉だと彼は思った。

「相手は、どうも三流校の一年だか二年らしい。野郎で、顔を知っちょるやつは誰もおらんやった」

そこで、ギョウブ部長は道場破りという奇異な騒動のはじまりをヨイチへ教えた。

敵襲は、突然だったという。

いつものように射場の大戸を開けて軽く清掃したあと、道場の前で下級生らに日課の鍛錬を指図し、さて我々三年生は夏の全国インターハイへ向けて追い込みだ、と神棚へ祈りを捧げようとした折である。

おやっ、という声は誰の口からもほとばしった。

神棚の真下には、師匠格のための座があつらえられているわけだが、その一段高くなった床に見知らぬ生徒がいつの間にやら腰かけている。首には靴紐でつなげた靴を提《さ》げていた。

　入部希望の一年坊か——そういう疑念は初手からなかった。着込んでいた学生服が八坂実高校指定のものとはまるで違っていたからだ。

　また、部外者と分かったこの時点で、友好的に接しようという心構えもギョウブたちには得られなかった。

　その怪人物が尻に敷く場所は、彼らの弓の師匠——つまり顧問か、それに認められた実力者でなければ上がれないことと定められている。

　端的に言って、選ばれし者の席なのだ。

　この教えは入部の頃から徹底的に躾《しつ》けられ、当たり前な礼節として部員たちの間に浸透していた。遊び半分でそこへ足をかけた者が退部処分を受けたこともある。もっとも、そういう内情は先の人物の知るところではない。とはいえ、どこの馬の骨とも知れない人間に軽々とその場を侵害されるのは、気節《きせつ》のある部員の目には、極めて不愉快な一事として映るのである。八坂実高校弓道部の聖域へ、土足のまま乗り上げられたに等しい。

　こういう反感が、相手への第一印象なのだ。

　自然、物腰は険のあるものになる。

　仲間の敵意を察して、まず応対に出たのは、副部長であるシュテンだった。部内では知恵者として重宝されている精悍な男子生徒である。

ヤサ高《八坂実》の人間じゃないな、どこの何さんだ——そういう誰何《すいか》に相手は一言。

「勝負しに来た」

と高飛車に答えたという。

名も明かさない、素性も漏らさない。道場側の質疑をまるで無視した応答に、居並んだ者たちは当惑した。

まして、藪《やぶ》から棒に勝負などと口走ってきたものだから、一瞬は、誰もかれもが気を呑《の》まれ、黙りこくってしまったのである。

「八坂実の弓道部は凄腕らしいと聞いてる。本当かどうか、競ってみたい」

などと、自信ありげに言ってのけてもくる。

抗議の声が、吐き出された。

「訳が分からん。とりあえず、そこから降りれ。お前なんかがふんぞり返ってよか所じゃなか」

「お前ら、練習生？　下っ端に用はないから、ここで一番腕の立つヤツを呼んでこい。そいつと立ち合いたい」

「なんなん、お前」

「他校の一年」

「俺たちゃ三年だぞ」

「諸先輩方、まことに僭越《せんえつ》ながら、ぼさっとしてないで言われた通りにしろよ。おしゃべりしに来たとでも思ってるのか」

「おい、そんなことはいいから、そこを下りれやボケ」

「腕ずくで降ろしてみろ、できるもんならな」

相手は、片頬を吊り上げてこんなふうに嘲弄《ちょうろう》までしてくる。ギョウブたちの悪感情は駆り立てられて止まなかった。

売り言葉に買い言葉と言わんばかりに、一人がその襟首をつかんで引きずり下ろそうとすると、反対に鼻っ柱へ掌底《しょうてい》を食らわされてしまった。

頭を跳ね上げてあとずさった拍子に、ブッと噴き出た鼻血が、道場の床に滴《したた》った。

ギョウブたちは、目を見張ってその血を見た。

それは決定的な敵対の証しになった。

指導者を呼んで諍《いさか》いを収めてもらう――こういう場合の鉄則だが、面識もない同年代からの愚弄と蛮行に、ギョウブたちの憤りは勘弁のきかないところまで膨れ上がっていた。

一方で――

勝負したとして、よもや自分たちが引けを取るとは誰も考えてすらいなかった。

というのも、自分たちは鹿児島弓道部の名門高校に籍を置いている射手なのである。厳しい修練を日々こなし、三か月に一度の実力考査に合格し続け、その甲斐あって弓の腕においては顧問から一定の許しを得ているほどなのだ。部内では選りすぐりの人員と目されているし、ヤサ高弓錬五詰衆などと自称することも黙認されている。そうするだけの誇りもあるし、驕《おご》りもあった。ゆえに、どう考えても、こんなすっとこに負ける姿が思い浮かばない——

「で、どうなんだ？　白旗振るか」

「いいだろう」

そんな了見からの受諾であった。

ところが、ここでまた、敵方は奇妙なことを言い出してきた。

「どうせなら、あれを賭けよう。俺が勝ったら、あれをもらっていく」

と、神棚の上へ横向きに奉られている竹弓を指し示した。

それは、道場の守り主として連綿《れんめん》と部に受け継がれてきた古物であった。むろん、賭けの対象にできるほど手軽な代物ではなかったが、

「逆に、もし俺が負けるようなことがあれば、お前らの奴隷になってやる。土下座して謝ってやるし、金を持ってこいと言われたらそうする。望むなら、裸で市内を逆立ちしながら練り歩いたっていい。尻も貸してやるよ。俺は本気だ」

とまで言うので、部長であるギョウブは、ここで引いたら弱しと考え、ついつい、

「やってやるよ。そん言葉、忘れんでな」

ただの野良試合を賭け競射へと変じさせてしまったのである。

――うなずいてから、不安になった。

それはほかの部員も同様で、見交わし合った顔は、万が一にも負けられなくなった緊張に少し強張《こわば》っている。

そこで、シュテンは一計を案じた。

「お前、勝負はいいが、弓と矢は持ってるのか」

「弓掛だけは持ってきた。あとは手ぶら」

「なら、ものは貸してやる。こいつを使え」

そう告げて押し付けたのは、道場の片隅に置かれたまま誰も触れずにほったらかしにしていた弓袋である。袋の口を開けて取り出した中身は――むけかけた弓束《ゆづか》、巻き付けられたままになっている古びた弦、反りの緩くなった色あせた弓体。いっしょに添えられた矢も、手荒く扱われてきたためか、抜け毛の目立つ櫛《くし》のような矢羽根だった。巻藁場で射形を確認するためにも使われない、廃棄一歩手前の駄弓矢である。

相手は素直に受け取った。特に物言いはつけず、淡々と弦《つる》を張って射場へ身を運んだ。

心得のある者なら、不整備な弓具《くみ》を渡されて、だんまりということはあるまい――

ギョウブたちは、やはりこの敵与しやすし、と高をくくった。言動はふてぶてしいし、こうしてのこのこ押しかけて来るぐらいだから、多少はできるのだろうが、自分たちに比肩するほどではない——そう思った。

ところが。

射込み始めて、その認識は覆された。

五回の競射で的中数の多い方が勝利、一回の競射に用いる矢は二手——すなわち四本。そう定めた勝負の初戦、一番手であるギョウブ部長が、相手を下し得なかった。互いに、皆中《かいちゅう》となったためだ。

用いた矢すべてが的を射抜くこと——皆中は、さして驚くべきことでも珍しいことでもない。問題なのは、同中という結果であった。

形の上では引き分けであるが、実質的に、これはギョウブたちの一敗である。何せ、向こうに使わせている弓矢は実用に足るには心もとないオンボロなのだ。一、二本の差をつけて勝っても当然のところを、予想外に食い下がられたのである。

二番手のギョクトは、あろうことか一本外した。相手はまたも皆中だった。もはやギョウブたちは引くに引けなくなってしまった。

屈辱

「じゃあ、つまり、格下の人間に、先輩たちは負けてるんですか」

「……そうじゃ」

「相手には、ボロい弓矢を使わせて？」

「そうじゃ」

「それって、相手を見くびってたってことですよね」

「そうじゃっ」

「で、追いつめられてきたから僕に助太刀をお願いした、と」

「そうじゃ！」

ものも言えないほど呆れかえるヨイチだった。

中坊でもあるまいし、大学受験を控えた歳で何をやっているんだか——冷ややかな目つきを向けると、さすがのギョウブも耳を赤らめていた。

大方の経緯は分かった。つまりは、意地の張り合いの尻ぬぐいをしろというのだ。

二人して弓道場へ入っていくと、ギョウブはすぐに射場へ首を巡らせた。

「——あいつじゃ。あの学生服のヤツ」

「こんな季節に、暑そうですね」

「三回的前《まとまえ》に立って、三回とも皆中。たぶん、的ん位置さえ分かっちょったら、目ぇつむっても中《あ》てられるじゃろうな」

「今は？」

「シュテンが立ち合ってる、四回目の終わり。で、もしこんままいけば――」

ギョウブの瞳が的を支えている盛り土――安土《あづち》へこらされた。と思いきや、パァンと的の鳴りが矢道を渡ってくる。

「……四回目の皆中」

安土に並んだ二つの的。

両方とも、ハリネズミの背のように矢を突き立てている。が、片側だけ、たった一本、的の縁から惜しくも拳一つ分、横に逸《そ》らしているのだった。

「…………」

すごすごと、シュテンが忸怩《じくじ》たる面持ちで仲間のもとへ下がってきた。とたんに、ギョウブ部長とヨイチの周りへ主だった者たちが結集した。

「五度競射して、中《あた》りの本数が多かほうが勝ち――そげん約束で、あれをくれてやるって約束しちまったがよ」

オロチの小声に、ヨイチはうなずいた。

「聞いてます。十六対十五でまくられてるってことも」

「一本差だ。ギョクトのヤツが、しくじったんじゃ」

「………」

当のギョクトはしょぼくれた目を伏せがちに沈黙していた。

ヨイチは、先輩たちを眺めまわして、

「相手は四回も皆中を出してるんだ。悠々、五回目も出しますよ。今さら僕が出る幕はないように思うけど？」

と、意見してみる。暗に、負けを認めろというのだ。

が、ギョウブは躍起《やっき》になって、

「ここまで来て、そげん冷てぇこた言うな。弓は対戦相手の心意気で命中率を乱高下させられる。上手いヤツじゃなかと、相手の気に呑まれちまう。ギョクトは早気が過ぎて中っかどうかちと不安やし、俺は弱気じゃ。いよいよってところじゃ役に立たん。オロチは小手先は上手いけど、相手を圧する闘気がねえ。シュテンも、さっきんで格付けが終わった。悔しいけど、うちん部じゃ、気力も腕前もお前が一番だ。やっこさんの気勢を削いで、一本外させてくれ。引き分けでよか。あとは舌先三寸で俺が丸め込んでやる。じゃって、頼む！　このまま負けもしたで終わらしたら、お前、アスカ顧問になんて言われるか——」

「僕は相手のデバフ要員じゃないんだけどな」

まくしたててくるギョウブに、ヨイチは小言を吐いた。

こちらをそんなふうに高く評しているなら、どうして最初から呼びつけなかったのか——答えは知れている。大方、後輩の自分を軽んじて呼び出すには至らないと慢じていたのだろう。八坂実高校弓道部の部長を任じているだけあってギョウブは人を見る目も確かだし、弓の腕も上々で事務もそつなくこなすが、やや向こう見ずで考えの浅い部分があった。

のっぴきならなくなって慌てて頼ってきた相手の調子の良さに、ヨイチが辟易《へきえき》としていると、

「秘密会議はまとまりそうかい？」

当の競射相手が弓へだらしなく腕をからめて、じっと不敵な眼差しをヨイチに注いでいる。

「そのニューカマーが最後の相手？　じゃあ、そちらさんの主将格ってわけだ。なら早く続きをやろうぜ。こう暑くちゃ、集中力も千切れる」

「その前に。君の名前は？」

「カクヤ」

「僕の名前は——」

「誰も聞いちゃいねえよ、ボケ」

カクヤはせせら笑った。

カクヤを見るヨイチの目つきは鋭さを増した。一瞬で、険悪な感をこの人間に持ったのである。それを楽しんでいるかのような相手のにんまり顔も気に入らない。

無礼な物腰や面差しばかりが、ヨイチの癪《しゃく》に障るのではない。

汗の流れる季節だというのに腰へ生地の厚い冬服を縛り付けているところも、無造作に後ろへ流しただけの髪型も、がっちりした肢体も――風采《ふうさい》すべてに軽い嫌悪を覚えたのである。

カクヤはヨイチの眼前に立った。

「腕前、ありそうじゃんか。ほかの連中もなかなかだったけど、おたくもまぁやりそうだ」

「君はそれほど上手そうには見えないけど？」

「おうよ、俺はまだ未熟者の童貞だぜ？　何ごともこれから上手くなっていく」

と、取り合わない。

むしろ、ヨイチを観察する目はある種のからかいを帯びて、クスクスと笑っている。

ムッとするヨイチを押しのけ、カクヤは箙《えびら》から無造作に矢を四本つかんで射場に戻った。

一本取って、弓につがえると、とたんに的は美しい的中音を響かせた。身震いが出るほど良いカクヤの射品であった。実際、ヨイチの肌は粟立《あわだ》っていた。

ギョウブたちが低く呻《うめ》いて残念がっているのを無視して、カクヤは言った。

「もやしみたいに突っ立ってるつもりか？　次はおたくだぜ、もやしくん」

「……下品な人間とはやらないようにしてる。こっちの品性が腐ってくからね」

「そっか。なら、俺の不戦勝だ。約束通り、あれはもらってく――いいのかな？」

茶化すように目を見開いて、神棚の竹弓を顎で示す。カクヤはものの価値をわきまえている様子だった。

「売ったらいくらになるか、こりゃ楽しみ」

「まさか金目当ての道場破り？　終わってるね、君」

「ははは、始まってる男の言葉は重みが違うな。そういう物言いをするってことは勝ちを譲ってくれるってわけだ。さすが！　それじゃあ、遠慮なく――」

ずかずかと竹弓へ歩み寄ろうとする。ところが、ギョウブたち三年生は意思を固く合致させてそれに立ち塞がった。

カクヤは足を止めて振り向いた。

「――おたくのお仲間は、どうもそういうつもりじゃなさそうだけど？」

「ヨイチ」

「…………」

請われて、ヨイチはやれやれと吐息をついた。諦めたように肩が下がる。

それから、弓袋の口を開いて自前の弓を取り出した。丸い弦巻を回して塗弦《ぬりづる》を引き出し弓に張る。

態度では不承不承という様子をありありと示している。だがヨイチの本心では、カクヤなる同年代の弓に興味を引かれたことも確かだった。少なくとも、最前の一射に妙を覚えたのは間違いない。

――二人の弓取りが射位につく。ぎらつく西日で、正面の的場は輝くようだった。互いに射交わす弓弦の軋みが、全員の耳朶《じだ》をなぶり始めた。

ヨイチの弓は、第一に射形が優美であった。行射の作法――「射法八節」と呼ばれる、射るまでの手順――に淀《よど》みはなく、満を持して絞られていく弓はひどく軽いもののように見えた。弓掛を挿した右手などは、肩の上に降りてからはもう静止に近い。

六、七歳の頃から親のツテで知り合いの弓道場へ通い、そこで一通りの教えを授かっていたヨイチである。弓の扱いは、半身を扱うのと同じくらい手慣れていた。

ビュッ――という弓返《ゆがえ》りの響きは、的から快音を叫ばせた。

「……上手い」

シュテンがぽつりとつぶやいた。隣のギョウブも嘆息せずにはいられないように、うなずいてみせる。

一手目の甲矢《はや》は、両者とも命中した。異変は、二本目の矢――乙矢《おとや》をカクヤが打ち起こそうとした矢先に起こった。

どういう塩梅か、つがえた矢が弦からこぼれて床へ落ちたのである。

「………」

跳ねて転がった矢に、あぜんと開いた目は集まった。

行射の最中に取り落とした矢は「失《しつ》」と呼ばれる。「失」となった矢は無効扱いとし、的中数に計上されることはない。

つまりは、一本外したに等しい相手の不覚であった。

ギョウブたちは、しめた、と内心喜びの声を上げた。

ここにきて、駄矢を使わせる計略が活きた形である。おそらく、弦へ噛ませる矢筈《やはず》にヒビか欠けが生じていたに違いない。

「失」は、射手にとって思いのほか重圧を与える。煮詰まってきた勝負に水を差されたも同然で、この一事で練り上げていた緊張感は霧散《むさん》していてもおかしくなかった。ギョウブたちは、それを期待して相手を盗み見た。

ところが、カクヤは沈着としていた。

じっと、床上の矢を見つめている——と思ったのもつかの間、執り弓の姿勢へ立ち返ると、淡々と失矢《しつや》の回収に努めるのだった。屈した右膝近くへそっと失した矢を置き直し、それからギョウブらに目を走らせる。

「片づけを」

「…………」

度を失って、動くに動けなかった静観者たちだった。一拍ののち、すっと、我に返ったシュテンが作法にのっとって失矢を持ち去っていく。

「…………」

並んだ顔は少々鼻白んでもいたし、戸惑ってもいた。交わし合う視線には、ほのかに怯《ひる》む気持ちがうごめいている。

衆人の動揺をまるで一顧《いっこ》だにせず、カクヤは行射に没頭した。

弓の腕ばかりが長《た》けているのではない、弓にまつわる所作と礼儀においても相手は優れたたしなみを持っている――ヨイチはそう思った。

その証拠に。

カクヤの弦が発する音には品格がある。

いんいんと腹の底へ染み込む、せせらぎのような弓鳴りなのだ。

とはいえ、カクヤの矢が不調和に揺れていることも確かだった。

中《あ》てて損なったその一本を契機に、明らかに狙いが乱れている。

次の矢は中《あた》った。が、その中りははなはだ運の良い形で、的の縁にかろうじて突き立ったふうである。

カクヤの綻びは決定的であるように見る者には映った。

一方、ヨイチの射る矢には雑念はない。ぶれることなくまっすぐ飛ぶ。飛んでは、中る。ヨイチの射る矢に勢いがあった。他者を寄せ付けない威圧感が、彼の残心には漂っている。立て続けに、三本の的中であった。

そこに至って、カクヤ自身も、何か顔つきが改められるようなものをヨイチの弓に見出したらしい。

綽々《しゃくしゃく》としていた眼差しには、いつからか鋭い光が瞬いていた。

四本目の矢、最後の射である。

固唾《かたず》を呑んで、競射の終わりを部員たちは見守った。

道場内の空気が張りつめた。運動部の声が遠く聞こえる。

外した方の負け、という意識はその場の人間全員が持ち得たことだった。

——先に、弓を起こしたのはヨイチだった。きりきりと、弦が引かれていく。

使っている弓具の性能が平等であれば、さぞや伯仲の戦いになったことだろう。が、これもまた勝負である——ヨイチは、ふと感じた後ろめたさに言い訳していた。強いて、自分の勝ちに疑念を持たないようにした。

その時である。

不意に、カクヤがひそめた声をこぼした。

「俺が勝ったら、あの弓をもらっていく」

　重ねて、つぶやく。

「高く売っ払えるに違いない。五十万か、六十万か、いや百万はくだらないかも」

　そっとささやく言葉はヨイチの耳だけに届いた。

「持っていかれたら、お前ら全員困ることになるだろうな。道場破りなんかに負けたなんて――」

　肩越しに微笑んだ瞳がヨイチを貫いた。その視線は、ヨイチが胸に秘していた震えを刺激した。

「名門の看板に相応しくない。どうなるか、その矢にかかってるってわけだ。まあでも、もやしくんは、パパとママにどうにかしてもらえるから平気か」

　下手な揺さぶりである――そうと分かっていても、ヨイチの目は神棚の弓へ引き寄せられずにいられなかった。

　弓置きに乗せられたその竹弓は、カクヤの推察通り、札束一つでは収まらない値打ちがある。それだけにとどまらず、歴史的価値も計り知れない。本来、一高校生がどうこうできる逸品ではないのだ。

　もし外したら――いらざる考えにヨイチの目は曇った。

　的へとまっしぐらに伸びていた心の矢じりが、ほんの刹那、よじれる。すると、頬の横へ下ろしていた右拳がやや落ち着きを失くし――

「……っ」

射ってからヨイチは自身の失策を知ったのである。自分自身で思わず息を呑んでしまうほど、それは明らかなお手つきであった。

放たれた矢は的の縁を掠めるだけに終わっている。ヨイチのすこぶる良い目は、しくじった己の一射を茫然と見つめていた。

背後に控えるギョウブらの驚きも一通りでは済まされない。口を半分開いたまま、思わず身を乗り出しかけているのだった。

カクヤが鼻を鳴らした。

ヨイチは、眼前の卑劣者を睨《にら》んだ。

ところが、カクヤの端然とした胴づくりに思いもかけず心奪われてしまう。腰から背までの肉厚で広々としている相手の後ろ姿に、自分にない凄気を感じた。弓は背なり――『大的皆書《だいてきかいしょ》』という弓道教本の序文を思い出すほど、力感のある佇まいなのだ。ヨイチの喉まで出かかった異議の声はしぼむように消えた。

耳に知った離《はな》れの音すら、憎らしいほどイナセで気《き》っ風《ぷ》が良い。

蝉の声を、的の鳴りが割る。

淡々とカクヤは弓構《ゆがま》えを解いた。弓から弦を外して壁へ立てかける。

「終わった。残念だったな。それじゃあ――」

声を上げずにいる人々へことわって、

「あれはもらってく」

神棚へ近づこうとする。

「待て」

その手首をヨイチはつかんで引き留めた。

「競射中の野次や相手に話しかけるのは反則行為だ」

「存じておる」

「君は失格だ。これは無効試合になる」

「話しかけたら、反則なんだろ？　こちとら独り言をこぼしてただけ。追い込まれるとうっかり出ちゃう悪癖なんだ、悪いね」

「そんなカスみたいな詭弁《きべん》が通用するとでも？」

カクヤはほくそ笑んだ。ヨイチの手を振り払って向き合うと、

「見てみろ」

的場へ顎をしゃくる。

「お前は射って外した。それが事実。勝負はもう終わってんだ。今さら、ほざくんじゃねえよ」

「なんだと」

「もしお前が反則だと思ったんなら、弦を戻してその場で堂々と物言いをつけりゃ良かった。なのに、自分に都合の悪い結果になったとたんに相手のせいにして、汚点を消そうとするなんて、情けない。弓取りなら潔く参りましたと言えや」

「ぬかすな、卑怯者のくせに」

「ハッ！　耳が赤くなってるぞ、もやしくん。悔しがる前に、四の五の言わず中《あ》てりゃ良かったんだよ。まぁ、細腕もやしには無理だったろうが」

「この――！」

ヨイチの頭に血がのぼった。ヨイチばかりではない。今のやりとりを見聞きして、わらわらと寄り集まってきたギョウブたち三年生も無言の憤りを全身にみなぎらせている。敵対心の燃える瞳がカクヤを囲んだ。

一対多数ながら、カクヤは恬《てん》としていた。自分を包む怒気など意にも介さず、涼しい顔のまま、高い位置の神棚へ手を差し伸ばそうとする。

その後頭部へ――誰よりも早く、ヨイチは拳を振りかぶっていた。

どうして自分がそんな荒々しい衝動を覚えたのかは考えている余裕もない。とにかくカクヤという男の放埒《ほうらつ》な言動を許せなかったし、好きにさせるわけにはいかない、という思慮が働いていた。

ところが、次の瞬間、ヨイチは床の上に跳ねていた。次いで、腰と言わず頭と言わず、全身に弓の雨をかぶる。

拳を打ち込もうと駆け寄ったところへ、あべこべに、カクヤの力任せな一蹴りを叩きつけられたのだ。腹腔を駆け巡った重い衝撃は、ヨイチの体を壁まで吹き飛ばしていた。そこに立てかけられていた弓は伐《き》られた竹林のように崩れ、倒れたヨイチの上へ降り注いだのである。

無様だ。

頭を抱えて、誰よりも、ヨイチはそれを意識した。

痛み以上に、恥辱が骨身を震わせてくる。

「暴力は！　てめえっ！　暴力はダメじゃろっ！」

「ンの野郎っ！」

「はっはっは！」

仲裁に入る声と怒号と、せせら笑いが道場の柱をどよめかせた。ケンカっ早い何人かが、笑い声に激怒してカクヤへと詰め寄る。

「――なんの騒ぎか、これは」

そこへ、厳めしくほとばしった一喝だった。今しがた道場の戸を開けて、一人の六十路《むそじ》かそこらと見える女がきりっと顔をのぞかせている。

ギョウブを含め、騒ぎ立てていた部員たちはギクリと静まり返ってしまった。シュテンは、これはまずいとばかりに片手で頬を抑えている。

皆が恐れて逆らえない弓道部顧問だった。その白い細面には透明な威圧感とでもいうような凛とした鋭さがあった。

見られてはいけないところを見られた――これは、部員たちに共通する見解で、言い逃れも何もできない状況だったが、一部の者は、ささやかな希望を抱いた。針のように鋭い彼女の威厳があれば、カクヤを成敗するのはたやすいだろう。

一人が、助けを求めて口を開きかけたが、厳格な眼差しを前に猫のようにすくんでしまう。

「新手は勘弁。じゃあなっ」

素早い動きだった。人々の意識がカクヤへ戻った時には、もうその影は神棚を掠《かす》めて窓枠へ跳び上がっていたのである。

捕まえる暇もない。弓道場の屋根へと這い上がったカクヤは、ひさしにかかっていた太い松枝をつたって逃げ出していた。左右に広がった枝は学校の敷地を示す塀をまたいで外の歩道へと肩を落としている。カクヤにとっては程よい退路であった。わっとギョウブたちが道場の外へ出たが、遅きに失し、カクヤは難なく姿をくらましてしまったのである。

「――盗《と》られた！」

とは、道場内に残った者たちの叫びだ。見れば、神棚に捧げてあった竹弓が跡形もなく消えている。

内と外と——ややしばしその辺りを駆けずり回っている足音と大声ばかりが響いていた。だが、自分たちの右往左往が徒労に過ぎないと分かると、次々に、道場の黒い床へ重い足取りを返してくる。

それから、一同は、言葉もなく顧問の前へ正座した。ギョウブ以下ヨイチまで、カクヤと競った五名は誰に言われずともすすんで先頭に進み出ていた。

教え子たちの暗然とした面持ちを見回して、

「それで？」

顧問は促《うなが》した。

暑い空気が払われるような冷たい声色だった。

正直に打ち明けるべきかどうか、まごついた目が生徒間で見交わされる。

「……道場破りです」

やがて、恥と恐れを忍んでギョウブ部長が言った。彼の一言を継いで、シュテンがぽつぽつと経緯を説明する。

顧問の女は、背筋をうるわしく伸ばし、黙って騒動のあらましを聞いていた。

ヨイチのこめかみから血の滴が頬へ流れていく。彼の手がむっつりとぬぐった。だがそれは無意識に近い挙動で、胸中にはカクヤへの悔しさが、ふつふつと煮え湯のごとく沸いているのだった。腹の立つあまり、先輩たちの釈明する声すら耳に入らない。

ひとしきり、耳を傾けたあと、

「もういい」

顧問は手を振って話を制した。

「そうか。もうこの道場に現れたのか。妙な偶然もあるもんだ」

と、意外にも訳知り顔でうなずく。ギョウブは目を見張って、

「あ……先生はご存じだったので？　あの野郎のこと」

「知らん。ただ、ここ最近、そういう真似に走る輩が県内に現れ出したことは知っている。道場破りめいた言い草で射場に上がり込み、難くせつけて弓具をかっさらっていく無礼者がいると、つい昨日、弓道連盟の寄り合いで聞いたばかりだった。偶然と言ったのはそういう意味だ」

「……なるほど」

「で？」

「え？」

「結果は」

言いにくそうに、シュテンは答えた。

「十九対十八。一本差です」

「もちろん、勝ったんだろうな」

この顧問は、遠回し的な物言いを好まないし、許さない。

この場に居合わせる者でその性格を知らない人間は一人もいなかったが、さりとて淡泊に言ってのけられることでもなかった。勝ち負けに関しては、彼らにも、自負心がある。

ただただ沈んだ顔つきとなる部員たちを切れ長の目が眺めやった。

「そうか」

とだけ軽く言って、顧問はおもむろに立ち上がる。

去ろうとする姿に、どんなお叱りが飛んでくるかと恐々としていた空気が、少し弛《ゆる》んだ。

だが戸口にほっそりした後ろ姿が消える間際、静かながら威厳ある声が門下生たちの耳朶を打つ。

「その野良試合、主将を務めた者は、茶道室へ来い」

皆の目がヨイチへ集まった。

八坂実高校弓道部の通例で考えると、五人立ちの場合、最後に弓を取った者が主将と見なされる。

今回、その肩書きを負うのは、疑いなくヨイチであった。

「ほかの者は、練習内容を倍に。こなせなかった者、ズルをした者、自分を追い込まなかった者を見つけたら密告を。練習後は、日の入りまでに今日の沙汰《さた》について反省文をしたため、私に手渡せ。間に合わなかった者、反省の意が伝わらない者には退部を告げる」

おたずね者

十畳ほどの茶室だ。藤の花が淡く描かれたふすまにも、壁にも床の間にも茶の香が濃く染みついて、ほかの教室とは別世界のようだった。

ヨイチは、湯気立つ茶釜を挟んで顧問と向き合っていた。

が、空の器すら前に置かれていない。敷物も、彼には与えられていなかった。

もてなされるに値しない——そう観られているのである。

小さな茶杓《ちゃしゃく》を脇に寄せながら、

「競射の責任は主将にある」

八坂実高校弓道部顧問アスカは、低くつぶやくように言った。

部屋には、彼女とヨイチの二人きりである。茶道部の指導員も兼任しているアスカ顧問が、茶道部員を追い出したあとだった。

「少なくとも、我々の部活ではそう取り決めている。君も知っているだろうが、ヨイチくん」

「はい」

「では、どうするか、この始末は」

「もちろん、取り返します」

ヨイチはきっぱりと言った。改めて問われるまでもないことだったし、追手として名乗り出るつもりであった。

「どのように？」

「ヤツの制服と顔を覚えています。ネットで調べて、所属してる学校を探し出します。それでも分からなければ、足で探します。噂は県内だけのものと道場でお聞きしました。ヤツはきっと近隣在住のツッパリ野郎と僕は見ています」

言っているそばから、カクヤの不敵な笑みがまぶたの裏によみがえる。かがり火へ薪を足したように憤怒が燃え盛ってならない。首の後ろ毛がそそけ立つほど、それは激しかった。

蹴られ、倒され、嘲笑され——あれほどの侮辱を受けたのは、生まれてこのかた初めてだった。

「必ず、あの弓は取り返してみせます。もちろん、弓の腕で」

ヨイチの声は感情を抑えつけるためにかえって強くなっていた。アスカ顧問はなんら表情を変えずに言い放った。

「弓のこともあるがね、私が気にしているのは負けたことだ。敵方に後れをとったことだ。弓に惜敗と辛勝はない。あるのは快勝か惨敗だけだ。君は惨敗者となった。我が校の射手にもっとも必要のない人種だ」

「……はい」

「部の方針によれば君を除籍処分とするところだが、それではご援助してくださった君の親御さんに申し開きができない。厚恩に反する。弱いヤツは弱いヤツのまま潰れていけばいいというのが私の考えだが、君に関しては特例だ。そんなことをすれば、敗者を自分かわいさに切り捨てたようで、こちらのメンツにも差し障る」

「…………」

「厳しいことを言う。君の今後の身の振り方についてだ。よく聞け」

「はい」

「過日の鹿児島インターハイ、君は団体戦の一員として八坂実高校の入賞に貢献した。しかしそれは偶然というほかない。今回の事件が動かぬ証拠、と私は見直している。正念場で力を発揮できない弱さが露呈した。我が部では一年生の大会出場枠は一人だ。たった一人だけ、自分の人生に箔《はく》を付けられる。君はその一人である自覚をいついかなる時においても持たなければならなかった」

「反省しています」

「するだけでは、弱い男のままだ。実にそう思う。私は、君を蔑《さげす》むよ」

「………………」

「君は賊に復讐を果たし、見事弓を取り返す。相手を足蹴にして雪辱を果たし、あの神前へ弓を返上する。そうした時、君は初めて勝者となる。私も君を改めて見直そう。そうなるまでは、道場に上がることは許さない」

「もちろん、理解しています」

「……軽く言ってくれるな。夏に続く冬の全国大会、それが終了するまで、私は登録選手の変更はしない。つまり、君の大会出場はもう決まっている。ヨイチくん、君は道場での修練を封じられつつも、大会では栄えある結果を残さなければならない。そういう立場となった。いいな？」

「承知しました」

「もし不甲斐ない結果を残せば、君の居場所はなくなると思え」

ヨイチは、深々と頭を下げた。膝の上についた拳がかすかに震える。

アスカ顧問は鼻から太い息を吐き出して言った。

「不思議なことが一つある」

「なんですか」

「あの弓が高価であると知っているのは、部内の者を除いてごく限られた数しかいない。具体的には弓道連盟に属する範士、教士の位に就く者たちだ。もし、あの怪盗へあらぬことを吹き込んだのがその手の者なら、裏には腕利きがいる」

「腕利き……」

「弓の技量は教える者の力量に比例する。君を打ち負かした小僧に師匠がいるとすれば、それは相当な段位の者だろう。君もそうわきまえ、抜かりなくいけ。二度目も負ければ、格付けは完全に済んだといえる。射手として、金輪際、上回ることはできない。それは、今日のような失態以上の悲惨だ」


翌日から、まことしやかにささやかれ出した噂がある。

何やら怪《け》しからん奇人が弓道部を散々に荒らしまわった挙げ句、部員をめっぽう打ちのめして逃げおおせたという話。

出どころは、口の軽い生徒たちではなく、教師陣の間からだった。日頃から、弓道部の活躍と居丈高なアスカ顧問に非難めいたものを忍ばせていた一部の派閥が、ここぞとばかりに流布した虚実混在の雑言であった。

三日と経たず、校内はその話題で持ち切りとなった。

　ふだん、負けなど知らない傲岸《ごうがん》な弓道部員も暗鬱にしょげて静かになっている。そういう様子を見るにつけ、どうもまるっきりの嘘ではないらしい――これは愉快だ、ちょっとからかってやろう。生徒同士では、この程度にはやし立てるのが関の山だったが、腹にいちもつを抱える教職員らにとっては、アスカ顧問を非難するのにうってつけの醜聞であった。

　部外者の侵入を許しただけに終わらず、暴力行為へと発展させた。これは弓道部顧問の管理問題であり、当然放免あるいは降格処分にすべき重大事である、という主張は、ちらほらと聞こえ出した。

　が、当のアスカ顧問には少しも気後れしたところがない。格下の野次などは好きに言わせておけと、歯牙《しが》にもかけていないのである。

　彼女の毅然《きぜん》とした姿は放課後の茶道室にあった。

　部員である女生徒の点《た》てた茶を悠々と口へ運ぶ。

「上出来だ」

「はい、先生」

「ここのところ所作もつつがない。一杯の茶にも心を傾けられるようになってきている。幼少の頃からの養いが少しずつ芽を出してきたわけだ」

「先生からそんなふうに褒められると、ちょっとソワソワしちゃいますね。面《おも》はゆいってやつです」

「本心だ。時に――」

　ふちの分厚い楽焼茶碗を下に置いた。

「弓道部のこと、ひいてはあなたの恋人のことで話をしたい」

「そんな、恋人だなんて」

　女生徒は唇をもにょつかせて照れた。アスカ顧問は、興のない顔つきでそれを見やる。

「違うのか」

「いえ、そうです」

　真面目に返って、その生徒は小首を傾《かし》げた。

「あの、それでヨイチくんに何が？」

「実は、私の不行き届きがたたって、怪我を負わせてしまった。一応、交際中のあなたには私の口から伝えておくのが正道、と思ってな」

「え？」

　女生徒は驚きに目を見張った。

「校内で広がっている弓道部の騒動――知っているだろう」

「い、いえ……」

「あなたの耳にはまだ入っていなかったか。では、よくお聞き」

アスカ顧問は居ずまいを正して言った。

「三日前のことだ。他校の生徒らしき人間が弓道部に道場破りを仕掛けてきた。抵抗むなしく神棚の竹弓は奪われ、部の面目を守ろうとしたヨイチくんは残念ながら敵の手で――」

「し、失礼します、先生」

途中まではおとなしく聞いていた女生徒だったが、いてもたってもいられなくなったらしい。膝の前に手をついて礼儀をさっととり、それから青ざめた顔であたふたと茶道室を飛び出して行ってしまった。

廊下を早足に進みながら、彼女はスマホや財布などの入った通学鞄を茶道室へ置き忘れてしまったことに気づいた。

――今朝のあいさつの時はなんの問題もなかった。いつもの眠たげな相手の声を電話口に間違いなく聞いた。それだけでなく、事々の通話やショートメッセージもまめまめしく交わし、異変などは微塵も感じられなかったのである。ここ何日かは、お互いに部活動や家の用事にあけくれ、顔を合わせていなかったことは確かだが、それにしても、怪我だなんて一言も教えてもらってない――。

隠し事だ！　ユウは怒った。同時に、ヨイチをひどく心配した。

とにもかくにも、弓道部へ駆け込むと、ヨイチは来ていないと言う。二人のむつまじい関係は部員間にはもう周知の事実であるため、ユウの到来を驚く者はいなかった。

シュテンが事情を説明するため口を開きかけたものの、ユウは気づきもせずに身をひるがえし、焦慮の足を、次にヨイチの教室へ向けるのだった。

彼はいた。自席にかじりつき、スマホを操作しつつ、何やらしきりに紙へ書きつけているところ。

「ヨイチくん」

教室の戸口から険《けわ》しい声をかけた。上げられた顔には驚きの表情が浮かんでいる。

「ユウ、何ごと？」

問いには答えず、ヨイチのもとへ歩み寄っていく。その眼前で腕組みしてみせた。

「どうして教えてくれなかったの？」

「何が」

「弓道部のこと！ ……大変だったって聞いた、アスカ先生から」

「べつに」

「そんな――頭に怪我までしてるのに、べつになんてことないと思うな、私」

柳眉《りゅうび》を逆立てて詰め寄ったユウは、ヨイチのこめかみへ貼り付けられたばんそうこうに気づいた。

「大丈夫？」

と、労わるように彼女の白い指がヨイチの頬へそっと触れかける。

ヨイチは顔を背けてその指先から逃げた。教室には、まだ何人か生徒が残って、思い思いのひと時を過ごしている。彼らから注がれる、呆れたような、微笑ましいような眼差しにヨイチは羞恥を覚えた。また、ユウの目に負けの証しをまざまざと曝《さら》しているようで、強がりたい気持ちが兆したのである。

ユウは、その気持ちを汲み取ったように声を少しひそめた。

「先生に聞いたよ。大切な弓が取られちゃったって。それを止めようとしたヨイチくんが怪我させられて――そんなこと、彼女に黙っておく？　普通」

「ごめんって。心からそう思う」

「何が起こったのか、ヨイチくんの口から説明してくれるなら許してあげます」

空いた椅子を引っ張ってきて、ユウはそこにどっかり座り込んだ。さあお聞かせ願おうか、という剣幕である。彼女の親切で頑固な一面をヨイチは幼い頃から知っている。こちらの説明に得心がいかなければ、決して機嫌を直さないだろう。

しょうがない――と、ヨイチは事件の顛末を洗いざらい白状した。

ひとしきり黙って聞いたあと、ユウは憤然と口を開いた。

「……そんなのおかしい！　カクヤって人はズルっこだよ！」

ユウは、自分のことのように怒って言った。カクヤの違反行為に話のくだりが移ったところで、憤りはひとしお増したらしい。あくまでもヨイチの立場に立ち、ヨイチの味方として感情を昂《たかぶ》らせているが、当のヨイチくんの勝ちだったのに！」

「相手の反則がなかったら、ヨイチくんの勝ちだったのに！」

「それは分からない。引き分けだったかもしれない。勝負は水ものだし」

「水ものでもなんでも、真剣勝負なんだから、そんなのしちゃダメ！」

「僕に言われてもね……」

ヨイチは苦笑した。

試合に負けて、勝負に勝ったなどという慰めをユウが口にしなかったことが、彼にとっては救いだった。そんな憐れみは、今のヨイチを嘲《あざけ》るものでしかない。

終始主導権を握り、相手の心に激するものを起こし、その挙げ句、うまうまと思い通りの結果を手に入れて消え去ったカクヤ。

それが自分たちの敗北といわずして、なんというのだろう。思えば、カクヤが初手から反感を買うような言動を繰り返していたのも、こちらを惑わせる策略だったに違いない。

「それに、ヨイチくん一人に責任をなすりつけるのも変だと思う！」

「いや、部の方針なんだからそれは従うべきだ。最後に立ったのがたまたま僕だったたって話で、ギョウブ部長だったかもしれないし、シュテン先輩ってこともあり得た。だから、そこは言いっこなしにしなきゃ」

「………」

　むすっと唇を結ぶユウだった。

「むしろ、僕にこの件を預けてくれた顧問には感謝してる。一人だと心が緩まないし、調べものもはかどるしね」

　ヨイチの言葉に、ユウは首を伸ばして、彼の手許をのぞき込んだ。

「あっ……じゃあ、今やってるそれはもしや？」

「そ、盗っ人の捜査」

　机に広げられたプリント用紙に目を凝《こ》らすユウ。ずらりと高校名が記されてある。

「何これ？」

「鹿児島県の全高校の目録。昨日作った。ヤツがどこの高校に通ってるのか調べてる」

「いくつあるの？　鹿児島に高校って」

「公立、私立含めて九十二校」

　ユウは目を丸くした。

「まさかその全部に問い合わせてみるの？」

「まさかまさか、だね。今調べてるのは、どんな制服なのかってこと。記憶にあるヤツの着てた学生服と照らし合わせて、どこの生徒か候補を絞ってる段階」

「ね、これ弓道部のある高校だけでも良かったんじゃない？　そんな、全部なんて調べてたら、時間かかっちゃうよ」

　ヨイチは首を振った。

「弓道部のない高校に通ってても、本人は弓をやってる可能性だってある。手間でもなんでも、ここは真正面から一つずつ潰していく」

「ほほぅー」

　感心したようにユウはうなずいていた。

「相手は足がつかないように、校章まで引き千切ってた。頭の回るヤツだよ」

「さすが、抜群の観察力」

「ユウには負ける」

「ね、私も手伝っていい？」

「手伝うったって、どうするつもり？」

　彼女は耳の横で電話をかける手真似などしてみせた。

「候補から外した高校に電話してみる！　もしかしたら、それで大当たりってこともあるかもしれないし。ほら、セカンドオピニオンってやつ！」

　ダブルチェックのことかな、とヨイチはぼんやり思った。

「べつに僕は第三者の意見なんか求めてないけど」

「いいから！　それに、そんな行儀の悪い男の子なら、有名になってるかもしれないよ？

思わぬ収穫があるかも。ささ、お相手さんの特徴を教えて教えて！　聞いてみるから！」

自分の力になろうと、ユウがいらぬ労力を傾けようとしていることはすぐ分かったヨイチだった。

「ありがたいけど、いいかな。そもそも、ユウの手を煩わすほどの作業じゃない」

「……でもさ、一人より二人の方が」

ヨイチはさえぎって、

「いや、いい。ユウはユウのことに集中して。今月はユウの家主催で大寄せの茶会があるって言ってただろ？　で、十月には口切りもあるって聞いた。そこで初めて、一家の代表として茶をたてるって、そういう話じゃない。晴れがましい舞台だし、大事な行事だ。そっちに気を配った方がいい」

「そうかな……」

「そうだよ。ユウのお母さんの顔も立つし、その方がいい。僕のことは気にしないで」

「……うん」

一応の納得は見せたもののユウの目には不承知の色が浮かんでいた。もちろんヨイチはそれに気づいていたが、あえて気がつかない顔をした。

「それに、ユウ、スマホを部室に置きっぱなしと見た」

「あ」

ヨイチの指摘にユウは面目ないという顔をして、もじもじとうつむく。

ヨイチは微笑んだ。

「そそっかしい」

「ヨイチくんが心配させるからだよ！　じゃあさ……もし何か手伝えることがあったら、言ってほしいな。私もヨイチくんの力になりたいんだから」

「分かってるって。いよいよとなったらその力を貸してもらうよ。それよりも今は部活の続きをしておいで。どうせ、顧問のことほっぽり出してきたんだろ」

「だって、怪我したなんて聞いたらさ……弓の怪我かと思っちゃうよ。というか、ヨイチくんがちゃんと教えてくれたら良かったんだよ？」

「ごめんって。反省してます」

「帰りは、いつもの時間に門の所で待ってるからね。今日はいっしょに帰ろ」

「はいはい」

ユウは教室の戸口で――ヨイチは自分の席で、互いに手を振った。

教室の隅で固まっていた男子生徒が、羨ましげにその様子を眺めている。彼らの視線もさることながら、ヨイチは自分の言をユウが聞き入れてくれてほどよく愉快だった。

が、次には、もうヨイチの胸にはカクヤへの戦意でいっぱいとなって、再びスマホの画面を睨みつけていた。せっかく、にこりと白い笑窪《えくぼ》をこしらえたユウのことも、彼女がしばしの間、そこに寂しく佇んでいたことなどもすっかり意識の外へ消し去って。

手がかり

足踏み、胴づくり、弓構え、打ち起こし、引分、会、離れ、残心――矢を射るまでの挙動には大別して八つの所作がある。初心者は「射法八節」というこの動きを体に覚え込ませることがいの一番で、熟達者になるにつれ、作法としての弓の無心をそこへ加えていく。正しい師なら、誰もがそう言う。

ギョウブたちもそう教えられた。

今も。

彼らは教えにならって弓と心身を重ねようとしていた。

何万回と繰り返してきた動きが体の上には現れている。射形を今さらとちるような間抜けはなかったが、胸の内は穏やかではなかった。

射れども射れども、中《あた》りどころが安定しない。ピンとくる一射に至れない。心の澱《おり》が重りとなって、矢を揺り動かしているように彼らには感じられた。

その澱とは、言うまでもなく道場破りの一件であった。

ギョウブ部長をはじめ、あの場に立ち合った者は皆、敗北の責任は己にあるものと痛感している。ところが、いっさいの禊《みそぎ》は年下のヨイチへ委ねられたまま、自分たちはさしたるお咎《とが》めもなく、相も変わらず修練に励まされている――。

誰も口にはしなかったが、ヨイチを身代わりに事なきを得た図に等しい。

潔癖で多感な青年魂には、耐えがたい仕打ちだった。

「調子が悪いですね」

そうして鬱々と気の塞《ふさ》いでいるところへ、ヨイチがひょっこり顔を出した。

「おっ」

ギョウブたち三年生は、思わず弦を戻して、後輩のそばへ寄り集まる。ヨイチの顔をしげしげと見やった。

「もう道場に上がってんよかか？」

「まだに決まってるじゃないですか。弓も取り戻してないのに」

ヨイチは肩をすくめた。それもそうか、と見るともなしに寂しい神棚を仰いで、ギョウブは言った。

「じゃあ、どうして来た？　いいのか？　顧問が知ったや、どやされっど」

「顧問には許可をもらいました。ここには袴《はかま》を取りに来ただけ」

「袴？」

「夏の間着込んでたし、どうせここの道場じゃしばらく練習できそうにないから、ここいらできれいにしようと思って」

目当ての物は、道場の片隅に置かれた千鳥棚へ収まっている。ヨイチは手提げへさっさと詰め込んだ。

「では」

すぐ立ち去ろうとする。すると、ギョウブ部長が呼び止めた。

「なあ、ヨイチ、悪かったな。こげんことになっちまって」

ギョウブ部長が、申し訳なさげに眉根を寄せて言った。他の者も同様の面持ちであった。

「べつに先輩たちが謝る必要はないですよ。結局、立ち合うことを決めたのは僕なんですから」

「でもよ」

「そういうの、面倒なんでやめてもらっていいですか。僕に気をつかう暇があるなら、もっと射形に気をつかってください。そんなんだから、強い選手に当たるとビビっちゃうんですよ」

傲然とした言い草にギョウブはまなじりを吊り上げた。

「言わせときゃ、こんにゃろ――」

「はいはい、やめやめ。それよりも、ヨイチよ、敵さんの居所は見っかったかい」

　シュテンが間を取り持った。彼だけには、ヨイチも一定の丁重さで接している。革靴へつっかけようとした足を止め、振り返った。

「いえ」

「雲隠れしてるってわけか」

「はい。ヤツの持っていた制服から学校を割り出そうとしたんですけど、どこも外れでした。もしかしたら、中卒のプー太郎で、高校に通ってないのかも」

　道場破りの騒動からすでに、一か月が過ぎていた。めぼしい高校はあらかた探り終えたものの、たずね人の手がかりすら得られていない状況だった。

「あてはあるのか、次の」

「正直なところを言えば、ないです。今は、第二候補の学校の前に張り込んで、出てくる生徒を調べる毎日です」

「大変じゃろ、それ。時間がいくらあっても足りやせん」

「まあ、でもこれが一番確実ですから。納得もできますし」

　シュテンは少し黙った後、言った。

「……これは、確実性を重要視するヨイチにはあまり好かん情報かもしれん。じゃっで、噂話程度に聞いてほしか」

「はい」

「俺の方でも、方々の知り合いにやっこさんのことをたずねてみてな。こん間みたいな真似、派手に続けてたら、どげんしてん話題になる。で、どうもこけらん人間じゃなからしいってことが分かった」

「お前、そげん探偵みたいなこったしちょったんか」

「友達の少ないお前にはできんからな。代わりに俺がやったんだ」

ギョウブ部長は目を剥いた。

「いるじゃろ！　お前らが！　友達じゃろう！　俺たち！　えっ、違う？」

「俺がお前に言えるのはもっと社交力を持てってことぐらいだよ」

「続けてください。ここいらの人間じゃないっていうのは？」

ヨイチが真面目な顔で促した。

「おう……と言っておいてなんだが、俺もよく知ってるわけじゃなか。どうも県外から——それも内地出身のヤツじゃって話だ」

「内地。京都とか？」

「都落ちの人間ならもっと方言がきつかろうが。どすえとか言うんじゃねーの」

シュテンはギョウブ部長に肘鉄を食らわした。

「黙ってろ。どこぞん人間かは知らんが、まあ、つまり相手は転校生の可能性があるってこったよ」

それが、シュテンの寄越《よこ》したささやかな諜報であった。

――参ったな。

糸口が見えたとはとても思えない。むしろ、ヨイチはますます途方に暮れてしまう。

数日が過ぎても、やはり進展はなかった。

似通った制服の高校へ、直接確認を取っても、件の人間などは在籍していないという。校門、あるいは通学路への張り込みなどは、あまりに無為な努力のため、十日そこらで切り上げてしまった。並行して行っていたSNSによる情報提供の呼びかけも、確認しようのないホラが集まるばかりで結局空振りに終わった。

いよいよ窮して、同じく道場破りにあったという他校の弓道部をいくつか訪ねてもみたが、まともに取り合ってすらもらえない。どこもそんな事実はないように振る舞うのだ。というのも、部外者の人間であるヨイチに道場の恥を漏らしてなんの得があるのか――訪ねられた方はそれを気がかりにしていたのである。またヨイチもヨイチで、彼特有の冷徹な態度でのぞんでしまったために、かえって嫌な感じを持たれてしまった。

いつか季節は秋の口を過ぎていた。

「ああ、これは湊《みなと》さんとこのヨイチくん。いらっしゃいませ」

戸を開けると店の奥から愛想の良い微笑みとともに出て来たのは、前掛けの老人である。

そこは、ヨイチの家族が懇意にしている鹿児島市内の制服問屋。店内のスピーカーから流れるメロディーが、心地よく響いている。

　衣替えの時期ということもあって、忙しい両親に代わり裏地の取り付けを依頼しておいた袴と学生服を受け取りに来たヨイチだった。

「ばっちりピカピカに仕上げておきました。こちらがヨイチくんのお服。こちらはお母さまのお着物になります」

　二つの紙袋を奥から持ってくる。

「いつも助かります」

「それはこっちのセリフでございます。ご実家の近くにはクリーニング店もぎょうさんありましょうに、わざわざ足を運んでくれて」

「和服の仕立て直しと洗浄は有村さんみたいな職人に頼らないとできませんから」

「職人だなんて、ヨイチくん、これはまた嬉しいこと言ってくださる」

「本心です」

　屈託なく破顔する店主に笑みを返して、ヨイチは差し出された紙袋を受け取った。

　ほのかに金木犀の香りが漂ってくる。さして繁盛もしていないし、豪華な門構えも持たない老舗《しにせ》であるが、他店舗との格の違いは随所にあって、例えば、依頼品を包むただの折り紙にも季節の香を――春ならば梅、秋なら金木犀といった具合に――匂わせ、客を楽しませようとする気配りは欠かさない。

店主の人柄もいいし、仕事は丁寧で行き届いてもいて、この辺りの富裕層はこぞってこの問屋をひいきにしているのであった。

「しかしなんだね、最近はヨイチくんの家みたいに物を大事にする方ってのは少なくなりましたよ。和服でも洋服でも、ちょっと汚れたりすると、すぐ買い替えちゃってからに」

「母がケチなだけですよ」

「いやいや、良いことだと思いますよ。簡単に捨てちまうよりはね――あ、でもね、この間も仕立て直しを頼んできた子がおりましたなぁ。えらく着古された制服を持ってきましてね。しかもそれ、ここいらじゃ見ないもんだったからちょいとびっくりしたもんで。それとは別に新品のを一式お買い上げなされて」

おしゃべり好きな性格の店主である。店内の上がり框《がまち》に座り込むと、問わず語りに話し出した。

ふと、ヨイチは笑みを消した。

「それって、いくつぐらいのヤツ？」

「あー、ちょうどヨイチくんと同い年ぐらいかな？　うん、たぶんそうでしょう、それぐらい。で、もうちょっとガッチリした体つきの男の子」

「……見かけない制服ってことは、地方からの転校生ってことですかね」

「どうでしょうねぇ。最近じゃ、アニメなりドラマなり、いろんな学生服を集めるのが趣味の人もいるそうじゃない。コスプレですよ、コスプレ。そういうのかも分かりません。あ、ご存じですか？　アニメキャラクターが着ている制服も良い生地で作られていることが多くて、もう本物の学生服と変わらないから感心しきりですわ、これが。近頃は本物志向でございますわな、なんでも」

「…………」

「あの子もその道の猛者《もさ》だったんでしょうな。真布津《まふつ》高は、文化祭がいっとう派手だから、そこでお使いになってたのかも」

「真布津高の生徒だったんですか」

「きっとそうでしょう。そちらの制服を一式、求めておいでになりましたから」

ヨイチの後ろで、戸ががらりと開いた。柔らかい秋風をまとって入ってきた客だった。

「おう、アリさん。やってるね」

「やや、タカシマル氏じゃないですかぁ。今日はいかがしましたか」

「麻雀のお誘い。どう？　今夜、久々に――」

二人は和気あいあいと、打牌《だはい》のフリをしたりしている。

ヨイチは店を出て、街路樹の下を歩き始めていた。うつむきがちの瞳に力が宿っていた。

――見つけた！

そう思うのはまだ早い、とたしなめる冷静さがなかったわけではないが、何か活路を見出した心地であった。探りに探って落胆した末の唐突な手がかりなのだ。ヨイチの胸は震えずにいられなかった。この期に及んでは、九分九厘、ヤツの居所をつかんだとしか考えられない——

ヨイチのまぶたには、カクヤの残心が浮かんでいた。

もたれ

三日と経たず、下調べは済まされた。

鹿児島県立真布津高等学校、雨露に汚れた門の石柱にはそう黒く彫られている。

カクヤの本拠であるらしいその高校は、市内から山間にずれた古い公立校であった。私立八坂実高校からはバスに揺られてほんの三十分、その案外な近さに、ヨイチは拍子抜けする思いだった。

その門前に立って、ふた月ほどの心労をしみじみ思い返す——そんな感傷は、今のところ彼には持てない。もっと切実で固い意志が満々とみなぎっていた。

今日、こうして予告もなく相手の棲息するだろう学校へおもむいた目的は、例の弓——奪われた竹弓を取り返すことにある。道場内へ忍び込んでひそやかに持ち去るような卑怯はしない。カクヤとの競射を制し、誰の目にも明らかな形で気味好く奪い返すつもりであった。

　不意を打って現れたのは、相手に動揺を与え、勝ちを盤石にするための策である。向こうも、まさか一度下した人間が、二か月越しに襲い来るとは考えてもいないだろう。そういう了見からだった。また、カクヤが自分たちにしたことの再現でもある。

　心構えに問題はない。が、ここに来るまでに一つ珍事が生じていた。

「本当についてくる気？」

「そうだよ。連絡したのに知らんぷりするヨイチくんが悪いんだよ」

　つんとして答えたのはユウである。

　学校を出たヨイチが、彼女の尾行に気づいたのはバスへ乗り込む寸前だった。開口一番、同行すると言うのである。もちろん、ヨイチは難色を示したが、バスの運転手に急《せ》かされ、なし崩し的についてくることとなってしまった。

　バスの中、どうにか説得を試みたものの、ユウはずっと「帰らない」の一点張りでまともに取り合おうとしない。ヨイチは困り果てて、とうとう許してしまったのである。

「こんなことなら、黙ってりゃ良かった。ユウ、道場の誰から聞き出した？　僕はこのこと、部長たちにしか教えてない。しかも言ったのは今日。口止めもしてたのに」

「聞き出してなんかないよ。先輩たちがそろって教えてくれたの」

ヨイチは舌打ちしてつぶやいた。

「余計なことして……」

「ヨイチくんのこと、心配してくれたんだからそんなこと言っちゃだめ。それとも私ってやっぱり足手まとい？」

「そういう意味じゃない。こんな三流のやかましい高校に、清楚なお嬢様を連れて来たくなかったってだけ。似つかわしくないでしょ、ぜんぜん」

「もう、ヨイチくん……」

彼の言葉に、ユウはそわそわとはにかんだ。周囲へ差し向ける目には、照れと気づかわしさの二色の光が宿っている。

放課後ののびのびした時間帯である。校門には帰宅していく生徒、友人と待ち合わせらしき制服をラフに着崩した男女、笑い話に興じてたむろしている一団など、さまざまに行き交っていた。そのうちの何人かは、先ほどから、制服の異なるヨイチとユウを不思議そうに遠巻きにしている。彼らは見知らぬ人間から聞き捨てならないことをこぼされて、少し面白くない顔つきをしていた。

決して、ヨイチは聞こえよがしに言ったつもりでも、他校生を侮辱するつもりでもなかった。ただ事実を口にしたに過ぎない。

ヨイチは腹を決めた。

「ついてくるのは構わないけど、離れないように」

「う、うん」

うろんな視線に素知らぬ顔を返しながら、すたすたと門を通って行く。

ユウはヨイチの背へ貼り付くように付き従っていた。

「ねえ、校内に入る時って、職員室にあいさつに行くべきだよね？　玄関口ってどこかな……」

「敵陣突入に、そんな遠慮はいらない。遊びに来たんじゃないよ」

「そ、そうだよね」

ヨイチの頭には、真布津高校の見取り図がすでに納まっている。弓道場は正門の反対側――校舎の裏手に位置していた。

かなりひなびている様子の道場だった。もとは美麗だったろうに、瓦屋根もひさしも今はすっかり雨風に汚れ、濃緑色のこけが地面に近いところから這い上がっている白壁である。

「た、たのもー」

おずおずとユウは建て付けの悪い戸を開けた。ヨイチは呆れて首を振った。

「時代劇か」

「だって」

しかし、応じる者は誰もいない。屋内に人影は見当たらず、静かで、運動部の掛け声がかすかに聞こえるばかりだった。

「………」

ヨイチは遠慮なくのしのしと入り込んだ。弓の稽古場であるため、天井は高いが、古風な造りゆえに太い梁《はり》がむき出しになっている。加えて弓道場としてはなにぶん狭い。射場は二人分の広さしかなかった。

八坂実高校の道場との違いは、そればかりではない。

板敷きの床はきしきしと音を立ててせっかくの静謐《せいひつ》さを台無しにしているし、矢道には夏からの雑草がびっしり茂っている。持ち込まれた机の上には作りかけの編み物と毛糸の玉。日よけのすだれが開かれた窓にかかり、薄切りのさつまいもが干してある。隅には使い古しの弓具が乱雑に放置されている——アスカ顧問の管理下ではこんな有様は大地がひっくり返っても認められないだろうな、とヨイチは思った。

——ぐるりと見回しても、竹弓は見当たらない。

「む？　誰？」

いきなり、投げられた声だった。

入り込んだきり立ち尽くしていたヨイチとユウは、びくりとして戸口を振り返った。

佇んでいたのは一人の女子生徒である。

小鹿のように可愛げのある明眸《めいぼう》をぱちくりとさせている。着崩した制服からやや色の黒い肢体が伸びている。栗色の髪を肩口で一つにまとめ、毛先などは淡い朱で染めて遊ばせていた。艶やかな黒髪のユウを見慣れているヨイチには、少し軽薄な印象を与える女子だった。

一瞬は、お互いに口もきかず見つめ合った。

真布津高校の生徒であろう少女の目にはヨイチとユウを怪しむような色が宿っている。

「何か用？　ってーか、うちの生徒じゃないよね、その服。どこの子？」

腰に手を当てて聞いてきた。

「あっ、あっ、えっと、私たちは怪しいものじゃなくてですね――」

ユウの頭には手続きを踏まずに他校へ踏み込んだという負い目がくすぶっている。よって、言い訳しようとするその口調はしどろもどろだった。

「先生たちに入る許可はもらったの？」

「あ、それは……」

答えに詰まって、ユウはヨイチ見上げ、困り果てた小声で言った。

「やっぱり、一回職員室に行くべきだったじゃん……！」

「変だよ、君たち。まさか泥棒？　カップルで空き巣なんて、世も末だ」

雲行きの怪しい誤解をされている。ユウは俄然、頭を振った。

「違います！　私たちは――」

「泥棒は、そっちだと思うけどね」

ヨイチが前に出た。小柄な女子生徒をじろっと見下ろす。

「ここにカクヤっていう男子生徒がいるはずだ。そいつは僕らの道場から弓を奪っていった正真正銘の盗っ人。用がある。連れてきてもらおうか」

「……カクヤくん？」

思い当たる節があるらしい。女子生徒はまじまじとヨイチを見直して口を開いた。

「あ、じゃあ君、もしかして、ヤサ高の弓道部……？」

「そうだ。卑劣な真似をして逃げたヤツをわざわざ追いかけてきた。ここにいるのか、いないのか。さっさと教えてもらえる？」

ヨイチの言葉は少し刺々しかった。

下手に出て相手の機嫌を取りつつ巧みに情報を聞き出す、などというじれったい作戦は今のヨイチに毛頭ない。必要以上に狼狽《うろた》える弱みも持たないと強く信じている。むしろ、カクヤの居所を知っていそうな人間の出現は願ってもないことだった。ぐっと圧するように詰め寄って上から睨みつけた。

「………」

怖じ気づいたような女子生徒の顔色だった。ところが、すぐそういう気弱い気配などは引っ込めてしまう。

「それは教えられないね」

ふふん、と勝ち気に鼻を鳴らしてみせさえする。

「何？」

「ウチはカクヤくんの介添えだからね。彼を売るような真似はしないし」

「売るとか売らないとかそんな問題じゃない。盗んでったんだぞ。犯罪だって分からないわけじゃないでしょ。それをかばうなんてどうかしてる」

「こっそり盗んだのなら、それはとってもよくない。でも、勝負して負けたからカクヤくんに持ってかれたんでしょ？　それを盗んだなんて、人聞きが悪いこと言わないでよ」

カクヤの介添えなどと称するだけあって、道場破りの一件は知っているらしい。知っていて、この口ぶりなのだ。ヨイチは吐き捨てるように言った。

「だめだ、君じゃ話にならないわ」

「じゃあ、どうなの？　君は勝ったの？　負けたの？　どっち」

痛いところを突いてくる。

「………」

今度はヨイチが思わず押し黙る番だった。

そこへ、ユウが我慢ならないとばかりに口を挟んだ。

「勝手なことばっかり！　勝った負けたぐらいで、人の物をそんな簡単に取りっこすること自体がそもそもおかしいと私は思います！　しかも道場破りなんて方法、非常識です！」

と真っ当な意見でヨイチを援護する。

女子生徒は少々まごついて、苦笑を浮かべた。

「……一理ある。そこを言われると、ウチも困っちゃう。カクヤくんって、あんまり常識とか考えないから」

「君が義理立てする理由は分かった。でも、とにかく、弓は返してもらう。あれは高価なものだ。取られたままにはしておけない。事情を知ってるなら、弓のありかも知ってるはずだ。ヤツのことか弓のことか、どっちかだけでも吐いてもらうよ」

「…………」

ヨイチの言葉を聞く間、女子生徒は何か考え込んでいるふうだった。やがて、こう言った。

「両方、教えてもいいよ。ただし！　ウチに勝ったらね」

「はあ？」

ヨイチは眉根を寄せた。

「ウチも弓道部だからね。的中競争しようよ。ウチが勝ったら、君たちはおとなしく帰る。で、もし君が勝ったら、知りたいこと、全部教えてあげる。いい案でしょ」

「なんでそうなる。人の話聞いてる？　僕は弓を取り返しにきた。それだけだよ。それに、競うのなら君じゃなくてヤツとする」

「だぁかぁらぁ、その第一歩がウチとの勝負ってこと。それとも——」

ニヤリとしてみせる。

「ウチに勝つ自信がないんだ。カクヤくんに負けてるから。お供のウチにも負けたら格好つかないもんね。あれ？　もしかして、ビビっちゃってる？」

と、ヨイチの矜持《きょうじ》へ泥を塗ってくる。

実は、自分の深い所に渦巻く不安を他人の——それも異性の——口から弄ばれるように指摘されたのだ。ヨイチの胸はこらえがたい怒気に膨らんだ。

が、ふと、自身へ戒めるところを振り返る。

カクヤとの競射で後れを取ったのは、反感と憤りで心をかき乱されたことに端を発している。自分の弓と的へ心を割かず、捨てておくべき些末事に意識を向けたために口惜しい惨敗を舐《な》めたのである。

ヨイチは、努めて乱雑な感情を捨て、代わりに透明な戦意を瞳へ燃え上がらせた。

「分かった。受けて立つ。でも、今言ったことに嘘はないだろうね」

「なんでそんなこと気にするの？」

「卑劣者のカクヤのお供だから。負けてから、セコい口ぶりで煙《けむ》に巻かれちゃ困る。勝負するからには、約束はきちんと守ってもらうからな、下っ端」

「言い方腹立つー！　ウチだってケッコーできんだからね！　絶対、泣かせてやるから！」

息まいて、女子生徒は道場へ上がった。木製の収納棚を開いて、自前の弓掛と胸当てを取り出してくる。

それを見て、ヨイチも鞄の中から弓掛を手に取った。滑り止めのためのギリ粉が入った小瓶もいっしょに床へ置く。

さしあたって気負いはなかった。

カクヤとの再戦はもとより、こういう障害もないではない、と予期していた彼である。八坂実高校の弓道場へは出入りを禁止されていたが、いついかなる時でも実力が示せるように市営の道場へは日々欠かさず通っていた。

「ヨイチくん……」

ユウも、そのことは知悉《ちしつ》している。よもや負けるとは思えないが、と信じている一方で彼女の顔はこわ張っていた。不安を隠しきれないユウに、ヨイチはうなずいてみせた。

「心配ない。五分、十分で済むことだから」

「選んで」

ヨイチの前に三張の弓が並べられた。ヨイチは真ん中の梓弓を取った。弓幹《ゆがら》は塗装の剥がれがちらほら見受けられるが、弦はほつれもなく引き締まっていた。重さも程よい。

「矢は適当にそこの矢立てのを使って。ウチもそうする。二手勝負でいくから。お互い皆中の場合は、もう一度、二手勝負を繰り返していくってことで――文句ない？」

「――やろう」

ヨイチは矢を四本持って的前に立った。続いて、女子生徒も立つ。二人は的へ礼をして、射場へすり足を進めた。

ヨイチは、的を狙うかたわら、相手の射をつぶさに観察した。

多少、反り腰気味ではあったが、作法や射形にはなんの問題もない。介添えなどと臆面もなく口にするだけあって、きちんと弓の心得は修めているらしい。

だが、その所作は教本の内容を馬鹿正直になぞっているだけに過ぎない。的中を確固たるものにするための工夫や自得がまるで見受けられないのだ。つまるところ、彼女にはまるっきり弓への感性がなかった――ヨイチにはそう考察される。

その証拠に。

一本、二本、と彼女の矢は立て続けに命中した。が、それ以降は的にかすりもしない。

弓は、一の矢、二の矢を中《あ》てることがもっとも簡単である。一本、二本と中てて、三の矢、四の矢に差し掛かった時、その射手の器量、底の深さが顕然《けんぜん》とさらされる。

中てたい、という欲求よりも外したくない、という不安がその心を蝕んでいくからだ。

心の不安は体の構えに震えを呼び起こす。肩や手指に兆したわずかな震えは、矢の軌道をほんの小さく狂わし、的を外すという大きな過失につながるのだ。

十分な鍛錬を自分に課しているヨイチの敵ではなかった。

ヨイチが皆中となる四本目の矢を的中させると、

「……負けた！」

女子生徒は歯噛みして悔しがった。

口には出さなかったが、立ち合う前から、この結果はヨイチの知るところだった。この女子生徒と対立した刹那には、どれくらいの力量差か見破る知見を彼は持っていた。

自分で自分を責めるように女子生徒の目には涙がにじんでいる。しかし、ヨイチは同情などしない。弓を壁へと戻し、少女を振り返る。

「君、筋トレサボるタイプでしょ。腹筋と背筋が弱いから、腰が反るんだ。今のうちに直さないと、まぐれでしか中てられなくなるよ。あと競い合いの経験が足りない。君、独り練習多いだろ？　そんな練習ばかりしてるから、対人になると変に緊張するんだよ」

「悔しい！　そんな助言までされるなんて！　もう一回！　今のは練習！　それに、弓は作法だし！　勝ち負けとかは二の次じゃんか！」

恥も外聞もない言い草だった。負けた自分が情けなくて我慢ならないのか、憤然と大声で喚《わめ》くのである。

振り返ったヨイチの目には鋭い光が宿っていた。むろん、そんな逃げ口上を認められる心持ちではない。開いた口からは厳しい声色が漏れた。

「うるさい、黙れ。約束通り、教えてもらおうか」

「怖い！　――ねえ、あなたのお友達、怒るととっても怖い！」

ヨイチの権幕に少女はちょこちょことユウの背後へ逃げ隠れようとした。突き出すべきか仲裁するべきか、ユウは困惑しきった顔で、ヨイチと女子生徒を見比べている。

「おい」

不意な呼びかけに、その場にいた全員が、はっと的場へ首を巡らした。

ガサガサと矢道の雑草を踏む音が近づいてくる。

手に的から引き抜いた矢を束にして抱え、悠々と袴包みの足を運んでくる一人の人間――視界に映った男に、ヨイチの身はおののいた。怒りとも高揚とも思える複雑な感情が突き上げてくる。

カクヤは、足袋の足裏をはたいて道場に立った。

「タマちゃん、お前じゃ、そいつにゃ勝てねえよ」

まずは、仲間である女子生徒へ面白がった視線を向ける。

タマはさも無念そうに歯噛みした。失意に肩が落ちていた。

「ごめん、カクヤくん！　ウチ、負けちゃった。……ウチが女で、運動神経が悪いから……」

「弓に男も女もあるわけないだろ。お前が負けたのは、お前が未熟で、そこのお兄さんほど至ってなかったってだけだ。まあ、そうがっかりすんな。練習すりゃ良くなる」

「でも……悔しい……！」

「負けて悔しい、勝って嬉しい――勝負事ってそういうもんだろ」

カクヤは、矢立てへ矢を返すと、初めてヨイチに顔を向けた。

「よう、久しぶり」

「返せ」

前置きもなく、ヨイチは突っかかった。本当に手が出そうな血相である。

一方、カクヤは相手の感情を見抜きつつも、たわけを装った。

「何を」

「とぼけるな。八坂実の弓道部からお前が強奪していった神棚の弓だ。ここにあるはずだろ」

「売った。だから、もうねえ」

「あ……？」

「嘘だよ。そう心配そうな顔すんなって」

クスクスとカクヤは笑った。ヨイチの眉間には、からかわれたことへの苛立《いらだ》ちが深い皺《しわ》となって表れている。

緩く開いたカクヤの襟元を、ヨイチは荒々しく引き寄せた。

「お前のやったことは物取りだ。犯罪だ。警察に突き出してやってもいいんだぞ」

「駄目さ、そんな負け惜しみは。きかない、きかない」

「負け惜しみじゃない、事実だ。口先まで卑怯なヤツだな、お前は」

「おーおー、そんなに顔を真っ赤にするぐらいなら、あんな勝負は受けるべきじゃなかったな。何はともあれ、もう終わった話だ。お前は負けて、俺は勝った。負けたと思ったからこそ、お前は俺の居所を探ってここまで出向いて来た。違うか」

「…………」

「どうした、もやしくん。かわいい顔を膨らましちゃって。不機嫌そうにすれば、周りの誰かが助けに来てくれるのかな？　……前みたいに」

これは明らかな挑発である。ヨイチの頭にカッと熱い血が流れ込むのと、彼の激した拳が放たれたのには、ほとんど差などなかった。

「……っ！」

一瞬の交錯であった。怒号と悲鳴が道場を揺さぶり、そこへ重い響きも加わる。それは、ヨイチが床上に組み伏せられた音だった。相手の頬を狙った怒りの一打はあえなく空を切り、逆に胸板をドンとぶつけられた拍子に、たまらずヨイチは突き倒されていたのだ。倒れた体へ素早くまたがったカクヤは、難なく腕をひねり上げている。

二人の少女は、突然の闘争に、度肝を抜かれて思わず寄り添っていた。

驚きに見張られる目の先で、ヨイチはもがいた。もがく間にも、反撃のために腕を振り上げたが、上からカクヤの足に抑えつけられて、身動きもかなわない。なすすべもなく、ヨイチの喉が悪態を吐き出しかけた、その時。

「あらあら」

道場の戸が開いた。耳に届いたのは、場違いなほど落ち着いた声だった。

見ると、背の低い、頭をすっかり剃髪《ていはつ》した年老いた女性がそこに立っている。足は布緒の雪駄、茶色の小袖の上にウインドブレーカーを羽織り、手にはマクドナルドの紙袋を提げていた。

こういう状況を前に、何をどう思い合わせていたものか、しばし閉口したあと、和装の女性は品の良いふっくらした顔立ちに思慮深い微笑みを浮かべた。

「取っ組み合う男児二人。それを見守る乙女も二人。これも青春の光。お邪魔だったようですね。続けてください。では——」

そそくさと戸を閉めて去りかける。すると、タマは身を乗り出した。

「おばあちゃん！　助けて！　行っちゃダメだから！」

呼び止める。

「大人がこれを見過ごしてどうすんの！　逃げんな！」

足を止めた女性は伊万里焼のようにつるりと光る禿頭《とくとう》をなでながら、引き返してきた。

「痛いところを突く孫ですねぇ――とはいえ、勝負はもうついているようですが」

いまだに力と意地の拮抗を続けている男子二人を見やった。

のしかかって制圧に徹するカクヤと、彼の体の下で頭と肩を床へ抑えつけられたまま思うように動けないヨイチだった。カクヤの拘束から脱しようとヨイチは絶え間なく身をよじって反撃の隙をうかがったが、そうはさせじとカクヤも合わせて巧みに身の位置を変えていく。その一点から勝敗は歴然としていた。が、勝負はなにも二人だけのものではなかった。

「――離れて！」

震えた声が、出し抜けにカクヤの背後で膨れ上がった。誰も止める間もなく、その声の主は長い柄を振りかぶっていた。

「離れて！　離れて！　離れてぇ！」

驚きの沼から自ら浮かび上がったユウが、横の壁に立てかけてあった長ほうきを手に取るや、刷毛のように広がった穂先でもってカクヤの頭をばさっと殴りつけたのだ。目をつむってしゃにむに振り回す。

「痛い！　分かったって！　どくよ、どくどく」

二度、三度、と続けざまに背や肩を叩かれ、カクヤは辟易したようにヨイチへの縛《いまし》めを解いた。

禿頭の女性は孫のタマに向かってにこりと笑いかけてみせる。

「ほら、勝負ありです」

カクヤは、立ち上がったヨイチへ興の失せた声色でこぼした。

「腕っぷしのいい彼女をお持ちで。礼を言っとけよ」

「………」

それには何も返さず、ヨイチはむっつりと押し黙ったまま、ほうきを握るユウの手へ自分の手を重ねた。自身の背後へ押しやると、再びカクヤを睨みつける。その双眸《そうぼう》は、言うまでもなく怒気でらんらんとしていた。

ユウはユウで、ヨイチの後ろに回ってからも、彼女なりに精いっぱいの鋭い視線でカクヤを睨んでいる。

カクヤは微苦笑に片頬を歪め、二つの敵視を受け止めていた。ややしばし、そうして両者は対峙するばかりだった。

「さて?」

薄い唇が開いた。

「何やらのっぴきならないものを感じますが。ケンカなら、校舎の屋上か、グラウンドか、夕暮れの河川敷でやるのが相場ではありませんか?　なにも、こんな狭い場所でやらなくても」

「おばあちゃん」

　ぴしゃりとタマが咎める。

「はいはい、怖い怖い。では、経緯をお話しなさい。こうなった経緯を」

　まずカクヤに説明を催促する目が向けられた。彼は軽く肩をすくめる仕草だけして、こいつに聞けとばかりにヨイチへ顎をしゃくる。仕方なく、女性がそちらへ視線を据え直すと、

「自分は、八坂実高校一年の湊ヨイチといいます。今日こちらには、八坂実の弓道部から奪われた弓を取り返すために訪れました。お見苦しいところをお見せし、申し訳ありません」

　意外にも年長者に対する礼節を忘れない返答。それに加えて、軽く頭まで下げるヨイチだった。名乗りの礼儀を受けて、間に立つ女性もまた居ずまいを整える。

「これは、ご丁寧に。私は、こちらの弓道部で顧問を務めております、久光《きゅうこう》と申します者。そこにおります女学生は、我が孫のタマ。そこにあるふてぶてしい男子は一弟子のカクヤ。どうぞ、お見知りおきを。さ、まずはお座り。立って話していては、何か物々しい」

　久光が目配せするまでもなく、気立ての良いタマは道場の押し入れから手早く敷物を出して床に延べていた。ヨイチとユウは勧められるまま寄り添って座り、それに向き合って

カクヤとタマが腰を下ろす。そういう敵対の構造を和らげるように、その合間に久光がちょこんと座した。マクドナルドの紙袋を広げ、皆の前にポテトを山と盛る。

「さ、お食べ」

「おばあちゃん、またこんなに買ってきて！　糖尿になるよ！」

タマの苦言を素知らぬ顔で受け流し、久光はさっそくつまみ出していた。

「一九七一年にマクドナルドが日本にオープンしてから、私はこの味の虜なのです。私の好物は塩と脂です」

まったく――とタマが憤然と顔をしかめているかたわら、カクヤもむしゃむしゃと食べ始めていた。

「では、ヨイチくんのお話をうかがいましょうか」

久光の言葉を待っていたように、ヨイチは膝を向けた。道場破り、竹弓の強奪、カクヤの逃亡――騒動の全容を説明するのに多くの言葉数は必要なかった。そもそも究極のところ、ヨイチが主張したい一点は、決まりきっていた。

「物が物だけに、速やかな返還を望んでいる」

つまりは、そこである。

久光は口も挟まず静かに耳を傾けていた。一通り片方の訴えを聞き終えたのち、もう片方に首をめぐらす。

「カクヤくん、今打ち明けられた沙汰《さた》は本当のことですか。何か異論は？」

真偽を正す。

「ない」

きっぱりとカクヤは言ってのけた。

「つまり不誠実な道場破りの結果、いかがわしくも相手方の私物を奪って消えた、とそういうことですか、ヨイチくん」

「はい」

はっきりとヨイチはうなずいた。

久光は、ふむとたるんだ顎の皮をなでて、やや考え込んだ。

出した答えは、こうだった。

「……私から言えることは二つ。一つは勝負事として、そういう取り決めの上で立ち合ったのなら、もはや致し方なし、ということ。件の弓の所有権は勝者となった者にあり、それがカクヤくんであった、そのように思えます」

この弟子にしてこの師あり、とヨイチは苦々しく思ったが、それはやや早とちりであった。

久光は中立の立場を取って、カクヤの前の床を拳で叩くや、きっぱり言った。

「しかし！　カクヤくん、不埒がすぎますね。そもそも道場破りなどという方法が時代錯誤。今は、きちんとした手続きを踏み、互いの事前了承があって初めて交流試合は成されるもの。それを奇襲同然に押しかけて、達者ぶって人様に迷惑をかけ、あまつさえ他校の私産を強奪するなどとはもってのほか」

非難する声色はさすがに厳然としていた。

「カクヤくん、神妙にお返しなさい」

「やーだぷー」

神妙さのかけらもないカクヤの返事である。

相手があくまでそういう態度に終始するのなら——ヨイチは拳を作って立ちかけた。

堪忍袋の緒はほとんど切れかかっている。ユウが彼の肩を抑えなければ、その拳は直撃するかはともかく、再びカクヤの横っ面へ飛んでいたことだろう。

ユウとタマが互いにとりなそうとする。双方を和まし、落ち着かせ、たしなめて反省を促したりする。するとまた、カクヤがいらぬ一言を告げて、ヨイチはすすんでそのケンカを買おうと鼻息を荒くする——しばしはその繰り返しだった。

容易には納まりがつきそうにない因縁だった。若者同士の諍いをよそに、まぶたを塞いで何ごとか考えを巡らせていた久光であったが、何やら思い付きでもあるらしい一計を唐突に提案した。

「では……こうするのはどうです。次の夏の大会、そちらで事の決着をつけようではありませんか」

「……？」

ヨイチもカクヤもそろって呑みこめない顔だった。

「いつまでも、やかましく言い争っていては時間の無駄というもの。ここはすっぱり期日と立ち合う場を取り決めましょう。そうするに如《し》くはなし、というものです」

「そんな面倒なことする暇はない」

まっさきにカクヤが仲裁案を突っぱねた。

久光は頭を振った。

「いいえ。あなたは、従わなければなりません」

有無を言わせぬ切り口上と顔つきだった。

「なんで」

「なんでもです。文句はいっさい受け付けませんよ」

「権力者の横暴だ！　独裁反対！　俺は今、自由意志を侵害されている！」

そっぽを向いて、真面目に取り合おうとしないカクヤは、しかし次の久光の言葉に目つきを変えた。

「――突き出してもよいのですよ？」

「え？」

「警察に弓具の盗難届を出しましょう。私は事情を知る証人として警官のもとに出向き、洗いざらい、あなたの悪行を告白します。あなたはきっとお縄をちょうだいすることでしょう。従わないのなら、私はヨイチくんと結託してでも、あなたをそうさせます。あなたは臭い飯を食べながら、花の高校生の青春を無駄にしなさい」

　久光の口調は脅迫者のそれであった。カクヤは唸った。

「自分の可愛い弟子を売るのかよ？　それでも師匠か？」

「可愛い弟子？　おやおや？　どこにいるんでしょうか？　小生意気な青二才ならいますが」

「やり手おババめ」

「弟子のおいたを窘《たしな》めるのは師匠の役目。それに、婆になると、若者が切磋琢磨する様が見たくてしょうがなくなるのですよ」

「結局は暇つぶしかよ」

　カクヤは吐き捨てて、どうにでもしろと言いたげに目を逸らしてしまった。

　それを了承とわきまえた久光は、次にヨイチへ柔和なまぶたを向ける。

「どうですか、ヨイチくん？　公式試合の個人戦です。カクヤくんも拙《つたな》い小手先は使えないでしょう。また、そこで白黒つけてこそ、あなたも勝負のケジメがつくというもの。違いますか？」

「…………」

　思い惑う顔を下からのぞき込むように、告げる。

「八坂実高校は誉れ高き弓の名門。全国大会の常連で今年は準優勝を果たしたとか。断る理由はございませんでしょう？」

「僕が懸念しているのは、むしろあなた方です」

　ヨイチは、久光の白い面を真っ向から見つめた。

「真布津高校のここ十年の大会実績は悲惨です。団体、個人ともボロボロ。地区予選も蹴散らせない、はっきり言って格下の弱小高校です」

　横で聞いていたユウは、口さがない物言いをいさめようとしたが、逆にヨイチはそれを手で制し、言ってのけた。

「個人戦だろうとなんだろうと、大会で僕と立ち合うなら、少なくとも県大会ぐらいまでは勝ち上がってもらわないと。地区予選程度で沈まれちゃ困る」

「あら」

　久光は唇を平和的にほころばした。一方で、瞳に灯る穏やかな光の中には好戦的な意力が秘されている。

「それはあなたも同じこと。勝負は時の運。勝利の約束された戦いなどはこの世にございませんよ。むろん、相まみえる前にどちらが敗退を喫した場合は、戦うまでもなく後れを取った方の敗北といたしましょう」

ヨイチはカクヤへ目をやった。彼を見る際、どうしてもそこにささくれ立った感情が宿るのだった。

「……保証がない。次の夏までにそいつが弓を売りさばかないなんてどうして言えますか」

「弓はどうしたのです？　売りましたか、それとも手許にあるのですか」

久光の問いかけにカクヤは短く答えた。

「売っちゃいねえ」

「では？」

「隠した。俺だけが、宝の隠し場所を知っている」

「とのことです」

「嘘かもしれない」

当然の疑念を口にするヨイチへ、久光は少し声を低くした。

「彼は私の弟子です」

続けて言う返事には、柔和な風貌《ふうぼう》に似つかわしくない重々しい響きがあった。

「弟子の不手際は師匠たる私の不手際。この私の面目にかけて、嘘はつかせません。また、約束も必ずや守らせましょう」

「…………」

「それでもまだ不安というのなら、よろしい、その弓の弁済は私がいたします。なんなら、この場で担保金をお支払いいたしましょう。むろん、言い値で差し支えありません。まだ銀行は開いていています」

「そ、そこまではしなくても」

さしものヨイチも、その申し出にはたじろいだ。

「いえ、それでこそこの場は丸く収まるというもの。私はこう見えて古寺で尼僧をつかまつる身。金子《きんす》の都合など、わりかしたやすいことなのですよ」

「極道僧侶」

「極道尼さんと呼んでください」

カクヤのつぶやきに久光はぴしゃりと返した。

「こちらの覚悟のほど、ご納得いただけましたか？」

まばたきもしない久光の目であった。ヨイチは負けじと見つめ返していたが、得も言われぬ輝きを持った眼力に、つい視線を逸らしてしまった。

自身の怯みを覚られぬよう、目を背けた先にあるカクヤの顔へ食ってかかる。

「本当に、弓はまだあるんだな？」

「おう」

「傷一つでもつけたら、僕はお前を許さない。必ず、返してもらう。あれは八坂実弓道部のものだ」

「今は、俺のもんだ」

　ことさらにカクヤは得意顔をしてみせた。

　見えない火花が飛び出すような激しい睨み合いだった。お互いが自分の正しさをぶつけ合うように、二人の間では闘気が激しく食いつき合っていた。

「これで、話は終わったな？」

　カクヤは確かめるようにそう言うと、懐をまさぐった。取り出したのはなんの変哲もない茶封筒で、おもむろに隣へ座るタマへ差し出すのだ。

「タマちゃん、今月の彼女料」

「はいっ、受け取ります！」

　タマは封筒を両手で恭しく受け取ると、中身を出して数え始めた。封筒の口から、一万円札が三枚、三人の渋沢栄一が確かに顔を出している。

　見るともなく見ていたヨイチとユウはあぜんとして固まってしまった。

　カクヤは目を眇《すが》めて、ふたりを見つめ返した。

「なんだよ？」

「あの、お二人はどういう関係？」

ユウがおずおずとたずねた。

「初対面の人間だぞ。踏み込み過ぎじゃないか」

緩く笑いながらカクヤが言うと、ユウは無遠慮だった自分を恥じるように赤面した。

「ご、ごめんなさいっ」

「嘘、嘘。謝んないでくれよ」

カクヤは、軽くからかうようにユウへ目を細めて言った。からかいつつも、その口調はユウの素直さを好ましく思っているふうだった。

「彼女らしく振る舞ってくれてるからな、これはその代金」

嘘か真か、判断しかねることを言い出す。

「カクヤくんはねー、恥ずかしがってるだけ！　ウチら、将来、結婚するからさ！　結婚生活って何かと物入りって言うじゃん？　その時のために今からお金の管理をウチに任せてくれてるってわけ！　ほら！　家計簿とか付けないといけないし！」

カクヤの言葉を継いだタマの言い分は、これまた少し辻褄《つじつま》が合わない。辻褄が合わないというより、いっそ奇天烈な世迷い言のようにヨイチには聞こえた。ヨイチは、カクヤと彼の腕へしなだれかかるタマを見比べた。

「えっと……？」

当惑の眉を寄せる。

言わせとけ、とばかりに鼻を鳴らして、カクヤはタマを押しやっていた。

約束

西の空を、沈みかけた夕陽の頭が柿色に染めている。東の空はもう夕闇が暗く広がって、風には夜気がひんやり染み込んでいた。三々五々、真布津高校の生徒たちは帰路に就いて――

カクヤも帰った。タマも続いた。

それに倣《なら》うしかないヨイチであった。

弓奪還という強い決意を胸に携えていたのは確かだし、血を見るような一悶着は想定していた。そちらへの壮烈な覚悟までして決行した意趣返しだったが、ほとほと肩透かしを食らった結果だった。

まずもって、標的としていた人間が、自分を省みないのだ。カクヤは、ヨイチの襲撃を受けてもいたって平然としていたうえ、話の終わりが見えるやいなや、制止の声も聞かずにさっさと道場をあとにしてしまった。

その間際、再戦の約束を――次に訪れる夏の大会での勝負を、互いの面子《めんつ》と言質《げんち》のもとに固く約束し合って、ひとまずは、自分たちも真布津高校を出て行くことにした。

「なんだかまだるっこしいことになった」

「うん……でも、無事に帰ってこられてよかった！　あのまま、しっちゃかめっちゃかになったらどうなることかと思ったもん。久光先生には感謝しなきゃ」

「食えない尼さんだった。真布津高校の弓道部顧問らしいけど、本当かな」

「だと思う……ホラ、頭もぴかぴかに丸めてたし」

「弁済するとかなんとか言ってたのを追求しなかったのは悪手だった。あんな言葉、簡単に納得するべきじゃなかったよ、まったく。我ながら、馬鹿だった」

「けど、向こうからそう約束してくれたんだから信じてあげるべきじゃないかな？」

　そこでユウは咳払いをして声色を整えた。

「そんなことよりも、ヨイチくん！　ケンカは駄目だよ。確かに、カクヤくんって人は悪い人なのかなって、ちょっと思うけど、いくら相手が悪い人だからってそんなのはいけません！　最初からケンカ腰だったよ！」

「べつに、悪い人が痛い目をみて誰が迷惑する？」

「ヨイチくん！　乱暴！　話し合いで解決できるなら、まずそうしないと。手ばっかり出すんじゃなくて、説得する心を持たなきゃ！」

「道徳の教師か」

「ヨイチくん！」

「はいはい、次に会った時は、もっと平和的にいくよ」

そう口では言いつつも、ヨイチの胸にはカクヤへの反骨心がついぞ消えずにくすぶっていた。密かに、次の再会も一筋縄ではいかないだろうと予感する気持ちがどこかにある。初めて出会ってから、どうしても折り合えない部分をヨイチはカクヤに感じていた。

カクヤもきっとそうだろう、とヨイチは確信している。

同時に、久光を立会人としてつがえた再戦の約束――その性質を考える。場所を決め、日取りを決め、その日まで互いに腕を磨き、その成果を競い合う。経緯はおいといて、それすなわち、果たし合いだ。書面はないが、言葉の上で、果たし状を交わし合ったに等しい。

そこに意識が集中すると、ヨイチの背筋はゾクゾクとし、武者震いするのだ。

ギョウブたち部員との張り合いは、簡単なわけではない。しかし彼らには、自分への怯みを常に感じる。しかし、カクヤは逆に自分を焦燥《しょうそう》させる気迫があるとヨイチは感じていた。その意力を、圧迫を、自力で覆してみたい――

それができないとは決して思わないヨイチだった。

傲慢なほど、自分の腕には信を置いている。それはなにもカクヤに対してだけではなく、自分以外のあらゆる射手へ等しく思っていることだった。

それを裏付けているのは日々の稽古だ。

通っている市営道場では大人に混じっても引けをとらない行射を披露しているし、実際に彼の高い腕前は評判だった。

ヨイチとユウの二人は、暗い八坂実高校の正門を通って、弓道場へと帰ってきた。すっかりひと気の失せた道場だが、灯りは窓に明々と映っている。また、矢が的を貫く破裂音のような小気味よい響きも聞こえた。

ヨイチは、戸を開けた。敷居は踏み越えず、その場から身を射場へ向ける。

「失礼します」

独り修練の射に没しているアスカ顧問へ頭を下げた。

道場への立ち入りはまだ禁じられている身だ。みだりに禁令を破るつもりはヨイチになかった。

アスカ顧問は弓を倒して的へ礼をすると、そこで初めてヨイチを振り返った。

「なんだ」

「練磨《れんま》の邪魔をして申し訳ありません。一つ、ご報告があります」

「聞かせろ」

ヨイチは、今日の出来事をかいつまんで伝えた。竹弓を持ち去った犯人の居所が知れたこと、それが真布津高校の生徒であったこと、実際に出向いたこと、そこで結んだ再戦の契《ちぎ》り――

「自分は、その試合で必ず勝つつもりです。それを顧問にお伝えするために参りました」

「………」

「事後報告であることは承知しています。それについては、何も言い訳はありません」

口も挟まず、ヨイチに言わせるだけ言わせてからも、アスカ顧問はじっと一方を見つめていた。十月のひんやりした空気が立ち込めていた。やがて、彼女の口からこぼれたのは意外な一言であった。

「明日から、道場へ復帰しな。いずれにせよ、君にはすべての大会へ出てもらい、部へ賞状を持ち帰ってもらわなければならん。弓の腕で奪い返してくることも、当初の宣誓と変わらない。それよりも、相手方の師はなんといったか」

「久光、とおっしゃっていました」

「そうか」

「お知り合いですか」

「……あるいは」

あるかなきかの逡巡《しゅんじゅん》だった。アスカ顧問は矢を持つと再度射場に立った。

「今日はもう帰れ」

淡泊に命じる。

ヨイチは頭を下げると、静かに戸を閉めた。

気をきかせて離れた場所で待っていたユウと目を見交わす。小走りに寄って来た彼女と並び合って歩き出した。道場への禁が明けたことを話すと、ユウは自分のことのように喜んだ。

「ね、まだ時間あるよ！　せっかく、道場へ上がれるようになったんだし、アスカ先生に頼んで練習させてもらう？　今日、私、暇！　矢取りのお手伝いするよ！」

「――いや、いい」

本心とは真逆の返事を、ヨイチはついしてしまった。

「それよりも、この間、クレーンゲームしようって話してただろ？　今から行こう、駅のゲーセン」

「あ、でも……」

「今日は気が乗らない？」

「ううん、そういうわけじゃ、全然ないけど」

「じゃあ、何？」

「練習、しなくても大丈夫？」

「ユウと遊ぶことの方が大事」

ヨイチは自分の器量を見せつけるつもりで言った。

「……そっか」

ユウはほんの少し寂しい笑みを浮かべた。

「なら、どこか他に行きたいところある？」

ヨイチがなんの気もなく聞いた。

「えっと、じゃあヨイチくんに決めてほしいな、なんて」

「いや、ユウが決めていいよ。その方が、僕も楽しめる」

「だったら、えぇっと――」

結局、行き先はユウに一任された。

ヨイチには、他人を第一にすることが優しさである、と考える節がある。ところが彼の優しさとは、ともすれば笑顔で人の気持ちをないがしろにする悪癖に近かった。

それは相手の心に引っかかりを感じさせる寄り添いだ。他人を優先させつつ、自分の心を満足させようという自己陶酔《とうすい》が透けて見えていた。

彼の心が真に望んでいるのは、一にも二にも弓の上達である。

ユウはそれを見抜いていた。

本当は遊ぶ時間などないはずなのだ。その気持ちを押し殺して自分に付き合おうとする――どうして、弓の練習に付いてこい、と言ってくれないのだろう？　ユウは胸の隅でふと思い煩《わずら》った。

ヨイチの歩幅を追う少女の顔は、明るい声色に反してうつむきがちだった。

鹿児島県伊敷台。

その一角を占める豪奢な二階建てがヨイチの邸宅だった。邸と称してもうなずかれるほど、白木の柵を左右に伸ばした表門は秀麗だし、ウッドデッキのある天然芝の庭は犬が駆け回れるほど広々としている。

十月のある日の昼前である。ヨイチは、窓の外に聞こえる物音で目を覚ました。

「カーテン」

シーツの上から身を起こし、ベッドに腰かけながらあくび混じりにつぶやく。

すると音声認識のスマート家電が彼の声に反応した。薄暗かった部屋に柔《やわ》い陽射しが入り込む。人の手に代わって、機械が自動的にカーテンを巻き上げ、ヨイチの一声で、同期させた加湿空調機とテレビシアターの電源が点いた。

ニュース番組が流れ始める部屋で、窓辺へ首を伸ばしたヨイチは、異音の原因を知った。

作業服を着た男たちがベランダに立って工具片手に行き交っていたのである。

そういえばハロウィンのイルミネーションライトを飾り付けるとか言ってたな、とヨイチは起き抜けの頭に思い浮かべた。

枕元に転がしていたスマホを手に取って、一階のリビングへ下りる。ペタペタと幅広の

階段に素足の足音を鳴らしていると、階下の口から中年の女性が首だけ出して、

「おはようございます、ヨイチさん」

そう朗《ほが》らかにあいさつしてくる。

「ん、おはよう、トオルさん」

「お部屋のお掃除にうかがってもよろしいですか？」

「うん、よろしく」

お手伝いさんのトオル氏である。忙しい両親に雇われた生真面目な働き者で、もう七年も湊家へ仲働きとして仕えていた。奥向きと平常の炊事を除いたほとんどすべての家事を仕切り、時には温かい軽食をこしらえて育ち盛りのヨイチへ差し入れしてくれる——そういう心の行き届いた人だった。

家の維持を名目に外部の人間を使役するぐらいには、ヨイチの両親は高い所得を誇っていた。

父親は大学病院の医師、母親は小物商である。留学先の大学で恋に落ちたと常日頃語る二人は、それぞれ位の高い家柄の系譜にあり、さかのぼるところによれば、父は薩摩藩の上級武士、母はさる豪商の生まれで、茶道具の流通販売により一財産を築いた茶人を先祖に持っているという。

住む家も、使う物も、上流階級御用達の物で囲まれた暮らし向きなため、ヨイチは素寒《すかん》

貧《びん》の苦難を想像したことはなかった。というのも、父母ともに善良、かつ親族を甘やかしがちであり、特に我が子への出資を惜しむところがない家庭だったのである。息子のヨイチから見ても両親の仲はすこぶる良好で、しばしばヨイチなどは蚊帳《かや》の外に置かれてしまうほど、濃い情愛だった。やや放任主義のきらいがある二人に、しかしヨイチは尊敬を持っていた。

「おっすー」

リビングの戸を開けると、軽く流れてきた声がある。短パンにシャツ一枚というういでたちでソファに深く沈んでいる若い女がいる。スマホをいじりながら、床に寝そべった大型犬の背を足置きがわりに使い、毛皮の感触を楽しむように足指で揉み込んでいた。

「だらしない」

「やいやい、おはようのあいさつもできないのか、おぬしは！　これだから若いもんは！　かーっ！」

「うるっさ」

甲高い声にすげなく言い返して、ヨイチはウォーターサーバーの水を飲んだ。

家の呼び鈴が鳴った。パタパタと、廊下を小走りに駆けて行く足音に続いて、トオル氏と業者の会話が途切れ途切れに届いてくる。

ヨイチは姉のミヤビへ呆れた目を向けて言った。

「毎年毎年、よく飽きもしないね」

「何がよ？」

「飾り付け。なんの意味があるの？」

「またまたぁ。そう言って、弟者《おとじゃ》くんもワクワクしてるくせにさぁ」

「父さんと母さんは？」

「父上はお仕事。母上は、婦人会の会合でお茶。あんたの〝勝ちヒロイン〟もいっしょに行ってる」

「そう。僕の朝めしは？」

「朝っつーか、昼だけど。ピザ取っといた」

「また？……だからデブるんだよ、姉君は」

「うるっせぇな。それよりもさ、あんた、昨日の新人戦はどうだったの？　自慢してみせい」

　ソファにうつ伏せに寝ころんで、分かりきったことを聞いてくる。そのニヤケ面へヨイチは事もなげに、試合の結果を告げた。

「団体一位、個人二位、無事通過」

「いいねぇ、やるじゃん」

「そうかな」

「そうそう。鹿児島で二番目に弓が上手い高一ってことでしょ、それ。姉ちゃんも鼻高々よ」

「ただの新人戦だし。重要なのは次の全国選抜でしょ」

立ったまま、ヨイチはむしゃむしゃとピザを食べ始めた。

道場へあがることを許されたものの、新人戦のための練磨は、ほんの二十日間ほどしか課せられなかった。その割には善戦したものだと、ヨイチは自分でも思う。

全国選抜——いわゆる冬の全国大会の予選も兼ねている新人戦では、ヨイチは部の方針により個人戦のみの出場であった。花形ともいえる団体戦はギョウブたち上級生に与えられた主戦場として、ヨイチはおとなしく応援側に回った。

「なんか、あれじゃん。嬉しくなさそう」

「んなことない。嬉しぃよ」

「ほんとぉ?」

「うん」

むろん、嬉しくないことなどあるわけない。新人戦とはいえ、舞台である鹿児島一円は弓の道において強者ぞろいの魔境。その中で三指に数えられる成果を残せたことは単純に誉れであるし、誇れることでもある。応援に駆け付けた母とユウなどは飛び上がらんばかりに大喜びしたし、ライブ配信で息子の活躍を観戦していた父も、大会が終わるやいなや、歓喜に満ちあふれた文面のメールを寄越してきた。

が、ヨイチの胸には、喜びや誇りに酔いきれない凪《なぎ》の部分も、どういうわけか確かにあった。

それは、カクヤの姿が会場になかったためではないか、と彼は自問自答する。

単純にいまだ弓道部の神棚へ返っていない竹弓が気がかり、ということもあるが、彼との再戦が果たされなかった不満も頭の隅にうずき、何か怏々《おうおう》として心から勝利への熱気を出しきれなかったのである。

「お？」

ミヤビは、スマホの着信音に手許へ目を落とした。

「今から帰ってくるんだって、母上。ユウちゃんといっしょらしいよ」

「はーん」

ヨイチの呆けたような返事だった。

「鈍い愚弟《ぐてい》だな、あんたは。そんなたるんでる格好であの可愛い彼女ちゃんに会うつもり？　姉ちゃん、許さんぞ、そんなのは。きちんとしとき」

「分かってるって。たるんでるってなら、まず自分の腹からはみ出た贅肉をどうにかするべきだね」

「てめぇ！　失敬な！」

怒声はクッションの形を取って宙を舞った。軽く躱《かわ》して床に落ちたそれを投げ返し、ヨイチは洗面所へと消えていった。

それから二十分と経たず、実母とユウははしゃぎ合って帰ってきた。ユウは両手に風呂敷包みと紙袋を持っている。

「いらっしゃーい」

リビングへ顔をのぞかせたユウの愛くるしい顔を、ミヤビは明るく出迎えた。ユウはたたずまいを正すと腰を折った。

「ご無沙汰してます、ミヤビさん。ご留学から帰られていたんですね」

「そそ、ちょっと前にね。会いたかったよぉ」

「私もです」

にこりと笑い合う。

次いで、寝間着から平服に着替え、椅子に座るヨイチを見つけたユウはおもむろに手を伸ばした。

「あ、ヨイチくん……髪が……」

甲斐甲斐《かいがい》しくも、寝ぐせを直そうと歩み寄る。母親と姉――女家族の細められた目を気にして、ヨイチは自分で跳ねた頭髪をなでつけた。

「お坊っちゃまくん」

とニヤニヤ笑うミヤビだった。弟の不始末な部分を分かっていながら黙っていた態《てい》である。さっきの仕返しか、とヨイチは忌々《いまいま》しく思ったものの、

「新人戦入賞おめでとう、ヨイチくん！　お口に合えばいいけど、これお祝いです！　全国大会も頑張ってください！」

というユウの称賛に怒気は鎮まる。しかし、手渡された紙袋を、目ざとい姉にあえなく横からかっさらわれてしまった。取り出されたのは厚紙の箱で、中にはプティガトーがぎっしり詰まっている。

「えー、おいしそー！　ユウちゃん、マジセンス良しー！　ありがとー！　チュパチュパチュパ！」

おどけて、ユウの頭に唇をすりつけようとするミヤビ。

やや上背のあるこの年長者には、ユウも好感を抱いているらしく、気恥ずかしげに身をすくめはするが、決して嫌がっている様子ではない。

「お前のためのお祝いじゃないんだけど」

横からヨイチがぴしゃりと言ったが、意にも介さない姉はいそいそと人数分のフォークとカップ、コーヒーミルを取り出してくる。海外で培ったバリスタの実力をいざ見せようというのだ。

「ヨイチくん、チーズケーキが好きだったよね？　ちゃんと買っといたよ」

「ユウちゃんね、本当は手作りにしたかったらしいんだけど――」

「あっ、あっ、おば様、それは……っ」

トオル氏に手荷物とストールを預けながら、ヨイチの母は表情を緩めた。慌てて口止めしてくるユウを見て可愛くてしょうがない、と言わんばかりな面持ちである。

「――ちょっと都合がね」

ヨイチは何も言わなかったが、ユウの不器用さは幼少時から目の当たりにしていることだった。

「そんな気張らなくてもいいよ。それに出場権を得たってだけだから、まだお祝いは早い気がする。なんなら、次の大会が本番だし」

肩をすくめながら苦笑いを浮かべる。ミヤビが不興顔をしてみせた。

「盛り下げんな、おバカ」

反対にユウは盛り立てるように笑みを浮かべる。

「でもだよ！　全国なんて、本当に上手な人しかいけないんだから！　すごいことだって！」

「…………」

ヨイチは、彼女の興奮冷めやらぬ賛辞に明答を返せなかった。

本当に上手な人――もし、新人戦の場にカクヤがいたらと思う。その時、自分はこんなふうに褒めそやされていただろうか。もしかしたら、慰められていたかもしれない——敗者として。

「——僕の分は夜に食べる。ちゃんと残しといてよ」

「あれ？　今、食べないの？　ってか、どっか行く感じ？」

立ち上がったヨイチにミヤビが首を傾げた。

「学校」

「今から？　ユウちゃんもいるのに？」

「ちょっと練習と勉強。それに家じゃ、集中して計算もできないから。誰かさんがうるさくて」

「だってさ、わんころもち。反省しな」

人間のやり取りを上目遣いに眺めている飼い犬に、ミヤビはとぼけて言う。

「車、出す？」

と問いかけてくる母に、

「いい。帰りはタクシー使う。ユウ、送ってくから——」

「あ、私も行く、学校！」

小さく挙手して、ユウも立つ。

ヨイチは制服に着替えるため、自室に戻りかけた足を止めて、ユウに言った。

「べつに、ちょっと自習して道場に上がるだけだよ。気分によってはすぐ帰るかもしれないし。休みの半分をもう使ってるんだから、家でゆっくりした方がよくないか？」

ヨイチなりにユウを気づかうのである。

「ううん、私も茶器を部室に返したくて……それとも、ついてっちゃダメ……？」

ヨイチは風呂敷包みの茶道具を見やった。そういうことなら、と彼に断る理由はない。寄り添ってくる少女へうなずいてみせる。

「べつに、ユウのしたいようにすればいい。……じゃあ、行こうか」

「お熱いね、お二人さん。私もついてっちゃおっかな。チェリーたちを狩りに」

湯を沸かしながら、待ちきれず甘味へ舌鼓を打ち始めているミヤビがそう茶化してくる。

「二度寝でもしてろ、牛」

閉じられた扉に再び飛んだクッションがぶち当たった。


土日祝日の校舎への出入りは、門衛に学生証さえ提示すれば許される。逆を言えば、在校生の証明をできない者は入場を拒まれ、立ち往生もやむなし、という判断が下される。それが八坂実高校の校則だった。少なくとも、忍び込みなど、搦《から》め手を使わない限り、その敷地はやすやすと踏めない警備なのである。

もっとも、そんなやんちゃに走る者などは品行方正な八坂実生には皆無であったが。

偏差値の高い私立高校だけあって平日外でも早朝から生徒たちは続々登校してくるし、黄昏時になってもまだ、窓には自学自習に励む影が差していたりする。

文武両道を掲《かか》げている校風だ。運動部に負けず劣らず文化部の活動も盛んだった。演劇や研究会はもとより、日本舞踊、陶芸なども講師を招聘《しょうへい》して指導を受けている。

その筆頭に茶道部は位置しているといっていい。

「ごめんね、ヨイチくん。すぐ返してくるから、ちょっと待ってて」

茶器類の納まった重箱を臙脂《えんじ》色の風呂敷で覆った包み。それを片腕に抱え、ユウは部室の戸を開きかけた。

「……？」

ところが、少し不思議そうに鍵穴を回している。ヨイチは後ろからたずねた。

「どうした」

「鍵が開いてて……」

顔を見合わせた二人はちょっと耳を澄ましてみた。

思った通り、人の声がするのだ。二人の関心を引いたのは、聞こえてくる声質に穏やかざる雰囲気が立ち込めていたためだった。

口論の重苦しさが、そこにある。

ヨイチとユウがそっと戸を開け隙間を作ったのは、一種の出来心で、特別何か深い考えがあったからではない。しかし、目にした光景に彼らは釘付けとなった。二部屋続きの奥の間に、アスカ顧問と久光が膝を険《けわ》しく向け合っていたからである。

上座を占めるアスカ顧問は、下座へ控えた久光に対して仏頂面で言った。

「つくづくバカな取り決めをしてくれた。まったく考えなしのアホウが」

「いえいえ、私は提案をしたまで。決めたのは、本人らの了承があってのことですよ」

ほのかな笑み——ともすれば嘲笑とも見える微笑を片頬に浮かべる久光は、アスカ顧問の難詰《なんきつ》からのらりくらりと言い逃れた。

「あの弓を賭けの対象に使うな。そちらの五右衛門にあの値打ちを教えたのがお前だろうことはすぐ分かった。あれは、そんな気安い代物じゃない。私やお前よりも長い年月を刻んできた歴史の産物だぞ」

「単なる古い弓でございますよ」

「それはお前の価値観に過ぎん。お前は昔から自分勝手に首を突っ込んできて、バカげたことをほざく」

ガタリと部屋の外で音がする。それは、手荷物をうっかり落としかけたユウが立てた不注意な物音だった。アスカ顧問は戸の裏でのぞき見する者に威圧的な声を叩きつけた。

「——誰だ」

「あ、あの……」

「入れ」

命じられるままに、二人は恐る恐る戸を開けた。ユウはともかく、ヨイチを見て、おや、というような目をする指導者たち。

「ごめんなさい！　お邪魔をするつもりは。お借りした道具一式を返却に寄っただけで……」

「いやいや、そう泡を食う必要はありませんよ」

ユウが気まずげな顔で言い募《つの》ろうとするのを、久光は気さくに止めた。アスカ顧問を見やりながら、

「これは、ちょうどいい。そこにおられる今をときめくカップル——特にヨイチくんはあなたの言うところであるバカな取り決めの渦中にある人間、ここでこの席に加わってもらうのも一興。つれづれ、話を聞いてもらいましょう。——さ、どうぞ、お座り」

久光一人で決め、招き入れようとする。が、さすがに敷居を越えられず控えの間にとどまったヨイチとユウだった。アスカ顧問は苦々しさを隠しもしない低い声色で吐き捨てた。

「私の教え子に色目を使うな。僧侶にもなって何をどう清められたのか、お前は」

「まあまあ、なにも彼を矢面に立たせてあなたの舌鋒をそらそうというんじゃありません。彼はいわば見届け人……こちらが本気であることの」

「もったいつけるな」

語尾に含まれるいわくありげな響きに、アスカ顧問の眉根が渋く寄る。

「そうケンカ腰で挑まれると、これを出す機会を逸《いっ》してしまいかねませんね。あなたは昔から、人を委縮させることに長《た》けていましたから。ビビッちゃう、ビビッちゃう」

久光は生地の厚い小袖を着、やや幅の広い若竹模様の腰帯を締めている。その帯の内を探った指が紫色の布包みを二つ、抜き取り出した。長四角の形といい、厚みといい、持参されたその正体にヨイチは少なからぬ不気味さを感じた。

「こちらは、例の弓の保証。こちらは、今回の迷惑料にして事の依頼料」

やや怪訝《けげん》な顔色をするアスカ顧問の膝先へ、ズッと二つの包みが押し出される。

久光は穏やかな目に自信をほのめかせた。

「明確にいきましょう。これで私の本気を認めていただきたい。次の夏の大会で二人の立ち合いを了承してもらいたいのです」

「…………」

アスカ顧問は何も答えなかった。まず、竹弓の保証金を静かに自分の方へ引き寄せ、ヨイチを鋭く見やる。

「あとで、道場の神棚に捧げておけ。弓が戻って来るまで、それを変わりとする」

そう言って、差し出してくる。愚かな下心は抱くな、と無言のうちに睨みをきかされ、ヨイチは謹《つつし》んで両手で受け取っていた。

それから突然、アスカ顧問は片膝立ちになるや、白い足袋に包まれた爪先で、迷惑料兼依頼料なる厚手の包みを久光の前へ押し返す。ロングスカートの裾からこぼれた白く引き締まったふくらはぎに、ヨイチとユウは目を見開いていた。

「金などはいらん。それよりも、お前は私にすべきことがある。つまるところ、頭は下げずに態よく収めようという魂胆だろう。このたびは勝手な真似をしてすみません、とその口で言ってみろ。額をついてここに謝れ。それで、今回は水に流してやってもいい」

「僧侶の頭を下げさせるのは、檀家《だんか》だけです」

にこりと笑ってやり過ごす久光。重苦しい、黒い風雲のような沈黙が両者の間に垂れこめた。それを破ったのは久光で、しかと相手の吊り上がっている眉を見返しながら、

「では、受けていただけないと？　この弓盗り合戦。あなたのヨイチくんとうちのカクヤによる若者二人の果たし合い。お認めにはならない。そういう考えで？」

「………」

「まあしかし、元を正せば教え子たちの極めて個人的な諍い。我ら大人が出る幕ではないのかもしれませんね」

「もし、私とお前が――年寄りが介入するとなれば、これはもう口先の遊びではなくなる。真剣勝負となる。もしこちらが勝てば、弓はきっちり返してもらうし、担保金も我が部のものとする。それでもいいんだな」

「カクヤが勝てば、弓は彼の所有となると、裏を返せばそういうわけですね」

「それだけではない。我が部員の勝利は私の勝利とも定めてもらう。ヨイチが勝ったその瞬間、お前は私に頭を下げる。それを私への迷惑料と定めろ」

「なるほど。私が勝てば？」

「何もない。私はお前に何も約束はしない。それだけは確かだ」

「では、いっしょにマクドナルドで食事を」

「何？」

久光の提案にアスカ顧問は一時の敵意も忘れ、はなはだ面食らったふうだった。

「あなたは、あの手のジャンクフードとお店を毛嫌いしていましたね。ビッグマックセット、ポテトLサイズ、コーラ、チキンマックナゲット付きを私とともに食してもらいましょう。けっこう美味なものですよ」

「お前は――」

「そちらにある心づけは」

初めて、久光の柔声がアスカ顧問の怒声を圧した。

「何はともあれ、こちらが進呈しなければならない詫び料。もろもろの始まりは、道場破りなどと弟子に暴走を許した私の失《しっ》が始まり。それは、私なりのケジメです。好きなようにお使いくださいまし」

「…………」

突き返された包みには、ただ乾いた金札のみが含まれているのではない。互いの意地と真意、生々しい感情までも厚く層をなして込められているのだった。

アスカ顧問も、他者の真心を無碍《むげ》に扱って場を台無しにしてしまうほど、芯から分からず屋でも無粋《ぶすい》でも決してない。

「よろしい。受けて立つ。お前の本気をそこそこ認めよう。しかし、勝《まさ》るか。私の精鋭にお前の手駒が」

ちらりとヨイチを見やる久光だった。

「勝算は、こちらにあり、と存じます。カクヤは、マメな努力家ですから」

ヨイチは表に出さない薄弱な部分を見透かされたような気がした。

アスカ顧問は面白くもなさそうに鼻を鳴らす。

「弓に努力など必要ない。弓は才能だ。生まれ持った資質がものをいう。そこのヨイチは、それに関して類《たぐ》い稀《まれ》と称していい」

「才質を開花させるのは努力しかありません。最初から咲き誇っている花がないのと同じです」

「負けたあとでも、そう吠《ほ》えられるか」

久光は吐息をついた。

「この手の話に終わりはありません。堂々巡りの揚げ足取りが続くばかり。あなたとは、もう幾度となく交わした論議でもありますし、やめましょう」

「お前はいつも逃げを打つ」

「今回もそういたします。では、私はこれで――」

その場にいる全員へ穏やかに笑いかけ、久光は本当にさらりと退席してしまった。

戸が閉まると、アスカ顧問はまぶたを閉じ、腕を固く組んでしまった。ヨイチとユウは、その険しい様子に声をかけるのもためらっていた。

久光のいた名残である畳の上の現物へは手を触れようともしない。やがて、舌打ちを一つ打った。

「まったく、年甲斐もない」

自分で自分を叱責するようにつぶやく。

「ヨイチくん。カクヤという先の手合い……いかほどな力量か」

教え子へも同じ声色でたずねた。

「君の報せでは、どうも小手先に重きを置いた卑小な人物、とみえる。しかし、久光の言《げん》ではなにやら一癖《ひとくせ》あるように思えてならない。あの自信満々っぷり。気に入らない。君自身の心根は敵方をどう観ている？」

「それは――」

乱暴、癪に障る、不良、傲慢、無礼千万――感情的な評価は続々胸にむらむら湧いてくるが、実像は霞がかったようにつかめないことに気づくヨイチだった。

「射手としては二流、といったところでしょうか」

ようよう出した答えである。すると、アスカ顧問は舌打ちをして針のように眼差しを鋭くした。彼女の望んだ答えでないことは明らかだった。

「……そのカクヤという者、どうも心得がある。相手には愚劣と思わせておきながら、その実、勝利を得ていく。久光の懐刀だけのことはある」

練磨に努めろ――その一言を機に、ヨイチは顧問の眼前から辞《じ》した。ユウをともなって廊下に立つ。

「ヨイチくん」

すると、すぐ横合いから久光の声が流れてきた。ヨイチの退出を待っていたらしく、おもむろに一枚の紙片を握らせてくる。

「そこに、カクヤくんの住所を記しておきました。その気があるのなら、訪れてみなさい」

「こんなことをする理由は?」

ヨイチは訳が分からない、と当惑を顔に示した。

「他意はありません。相手を出し抜くこと、これは戦術ですが、相手も知るべき情報を隠しておくこと、これは卑怯です。勝負事となれば、ある程度は公平にする必要がありますしね。敵を知り、己を知る——少なくとも、その機会は与えられてしかるべきと存じます」

「ヤツがあなたに失望するのでは？　弟子を売ったと見なされても文句は言えない」

「失望してくれるくらい、あの子が他人に関心を持ってくれるなら、いいんでしょうけどね」

久光は寂しげに微笑んだ。

「さ、老人は失礼いたします、あの人との面談で精も根も尽きました。お二人とも、またいずれ——」

不穏な空気

翌日。

「そいつは——とんでもんなかことになった」

ギョウブ部長は腕を組んで、何やら考え込むようにつぶやいた。何も考えていないんだろうな、と思いつつヨイチは、「ええ、そうですね」と相槌を打つ。

アスカ顧問と久光との間に結ばれた口約束を、主だった者へ明かしたところだ。

シュテンなどは、一言も発せず重大さを噛みしめるように、神棚へ捧げられた布包みを見上げていた。内容物が何かまでは伝えていないが、聡明な彼は察しているふうである。

弓道場の隅の控えに固まった一同だった。ヨイチを取り巻くのは見知った顔ばかりであるが、その数は夏よりもずっと少ない。ギョウブら筆頭射手を除いた補欠要員の三年生は、多くがすでに引退していた。

今、射場で腕を磨いているのは、アスカ顧問に資質を見出された次期主力の二年生たちであった。

それを尻目に、ヨイチは自身の矢筒へカーボン製の矢を入れて帰り支度を進めていた。

シュテンはどうしたものか、戸惑い顔を仲間と見合わせた。

「カクヤって野郎の居所はもうつかめてんじゃろ？　まさかとは思うけど、お前これからもう一度カチコミに行くわけじゃないよな？」

ギョウブ部長は白筒袖をまくり上げた。

「おう、そうなら付き合うぜ」

ヨイチは首を振った。

「いいえ、家に新品の矢が届いてるはずなので、それと交換するだけです。自分、今日はもう上がりますんで、これで」

道場が開いて間もないが、はなから袴に着替えてもいなかった。では――とそこを出て行こうとする彼の肩を、ギョウブは引き止めた。

「俺にも何か手伝えることはねえんけ。できることならなんでもする」

申し訳なさそうに眉を落としつつも、誠実な口調で言う。

ヨイチは眉ひとつ動かさなかった。

「もともとの発端は部長たちでしたね。でも、まあべつにどうでもいいですよ。気にすることじゃありませんし、先輩たちにどうしてほしいとも思ってませんから」

「じゃっども、心配じゃわ。つーか、なんだってそげんややこしいことに？　そもそも弓さえ取り戻せばよかって話やったじゃせんか。顧問は何考えちょる？」

「それは僕にも分かりません。大人には大人同士の考えなり因縁なりってもんがあるんでしょ、きっと」

ヨイチは時計を見やった。興味のない立ち話に時間を割くつもりはなかった。

「もう行きます。先輩たちも、だべる暇があるなら練習してください。やる気が出ないんなら、かわりに補習に行くべきです。一応、受験生でしょ」

「ばっかやろう、後輩に全部押し付けて知らんぷりなんかしてられるかいな。それに俺たちは選抜選手じゃ。勉強よりも大切なことがあらぁな」

「良い大学に行かないと、良い人生は送れませんよ。そのためには勉強しないと。勉強さえしとけば、人生良くなるんですから。弓道にかまけるのも大概にすべきだと僕は思いますけどね。国語数学理科社会英語、毎日二十時間は勉強に精を出してください」

「そう手厳しゅうするな。力になりてえんだ」

かたわらでヨイチとギョウブのやり取りを聞いていたシュテンの言葉には真実が込められていた。ところが、そうした正直な思いやりにヨイチは同じ正直さを持てない。人への依頼心を抑制し、なんでも自分一人で解決しようとするきらいのある彼にとって、助力の申し出は頑なさを引き出す呼び水でしかなかった。

「個人競技の弓で、他人の力なんか当てにならないでしょ」

ヨイチの返答はいささか冷淡だった。シュテン先輩もギョウブ部長も、灰をかぶせたように黙ってしまった。

言った本人のヨイチすら自分の言葉がどう相手の感情に響いたか勘づいたらしい。

「べつに、僕のことは気にしなくていいですから、本当。先輩たちは先輩たちのことに集中してください」

矢筒の革帯を肩にかけ、後ろも見ずに道場をあとにするのだった。

「悪かったよ、ユウ」

「…………」

「黙って行くべきじゃなかった。反省してる、ごめんって」

「…………」

つんと、車窓を流れていく風景を拗《す》ねた目で見やるユウ。その窓にヨイチの困り顔が薄く映っていた。

カクヤの元へ訪ねている途上――そのバスの中である。客はまばらに乗り合わせているだけで、二人へ注意を向ける者はいない。それを幸いに、

「ただどんな所に住んでるのか、ちらっと見に行くだけのこと。わざわざついて来てもらう理由がなかっただけで、べつに、ユウが邪魔だったとか、そんな考えはいっさいないよ。……ユウ、こっちを見てくれ。お願いだって」

ヨイチはユウのご機嫌取りに注力していた。

ユウの待ち伏せにあったのは、学校の正門前だった。開口一番、彼女はヨイチの行き先を言い当てた。どうして教えてくれなかったのか、と詰問されたヨイチは何も言えず、炭酸水を一気飲みしたような顔で立ち尽くすしかなかった。

校門を出る時も、バスを待つ間も、こうしてバスに揺られている今も。

どんなになだめすかしても、なかなか曲がったお冠を直すには至らないのだ。むしろ言い分を重ねれば重ねるほど、ユウは首の根へむくれっ面のお怒り顔を沈めて、聞く耳を持たないのである。

なぜそこまで彼女がプリプリするのか、朴念仁の気のあるヨイチには分からない。が、心底から怒っているのではないことぐらいは彼にも理解できる。そうでなければ、こうして付き添ってくれてはいないだろう。

彼なりに言葉を尽くした挙げ句、ヨイチは小さくため息をついた。ユウのご機嫌が直るのを願って、前へ向き直る。

――ギョウブ部長らへ言った言葉は半分嘘であり、半分本当である。

ヨイチはカクヤの住所を知ると、急にその生活がどんな具合であるか知りたくてたまらなくなった。カチコミやお礼参りなどといった荒々しい真似をしかけに出向くわけではないのは間違いないが、ともあれ一戦交えることはもう確定している敵なのだ。敵情はでき得る限り収集しておくに越したことない、という判断からだった。

バスの後ろに流れていく景色は、民家よりも田畑が多くなった。その田畑にも峰々の影がかかってくる。久光が渡してきた紙片には所番地、最寄りのバス停、行き方が記されてあるが、それはとんでもない山奥へ誘うものであった。

バスを降りたヨイチとユウは、少し自分たちが馬鹿をみているような気持ちになった。錆の浮いた野ざらしのバス停は、登山口――ともいえない坂道の麓に設置されてある。坂は緩いが、山中へまっすぐ伸びているうえ、足を踏み入れる前から舗装などは期待できないことが見て取れた。

歩き出してすぐだった。

「足元に気を付けて。ほら、やっぱり、ユウは来るべきじゃなかった」

ヨイチはユウへたびたび憂慮《ゆうりょ》の瞳をやりながら言った。

砂利の目立つ杣道《そまみち》にローファーのユウは少々苦しげである。さすがに、彼女も観念したように口を開いた。

「こんな所に本当に家なんかあるのかな。どんどん森が深くなってくよ」

同じことを考えていたヨイチである。あるいは、とらえどころのないあの久光にかつがれたのか、とも疑った。

ユウの歩幅に合わせて、ゆるゆると山道をのぼった。低い山だったことが救いだった。その四、五合目を越えた辺りだ。

道が二手に分岐している。久光の紙片はより足場の悪い獣道を選んで進めとある。この際、迷うわけにもいかず、ヨイチとユウは意を決し茂みを踏み越えた。木漏れ日の中を進むと、不意に木々の開けたところに出る。

一軒の庵《いおり》が二人の目前に現れた。

「うわぁ、お寺の離れ茶室みたい！　――ここが、カクヤくんの家なのかな？」

驚きと不審のないまぜになったユウの声に、

「うん、生活感がある。きっとここだ」

ヨイチはそう返した。古びた外観はとても高校生が住んでいるとは思えない様相だが、ざっと見渡しただけでも、何者かが居住している空気はそこかしこに醸されている。草むしりのあとの雑草が山となっているし、黒い板戸のそばには手押し車が止められ、拾ってきたらしい細木が満載だった。高床の縁の下には、幅の極めて狭い小川が流れていた。草ぶき屋根のひさしへ目を上げれば、丸窓から流れた薄い白煙が漂ってもいる。

「………」

閉じられた戸口に立つ。屋内の気配を探ったが、静かなものだった。板戸へ打たれた釘に鐘が紐で吊されてあった。一応、カランと鳴らしてみる。やはり、返事はない。

「お出かけ中――？」

ユウの言葉を遮《さえぎ》って、いきなり、ガラッと戸を開けるヨイチ。

「ヨ、ヨイチくん！　そんな、失礼だよ！」

ユウの諫言《かんげん》ももっともだ、と素直に思う一方、カクヤが関わっていそうな物事には、普段とは違った図々しさを持てるのだった。

入ると、まずは土間口と台所がある。火の気のない古めかしいかまどに、穴の開いたうちわが乗せてある。上がり框《かまち》の先は意外にも清潔な畳張りの一間で、衝立が部屋の隅に立てかけられていた。小さいながら炉まである。自在鉤《じざいかぎ》に吊り下げられた鉄瓶が湯気をたゆたわせていた。その下に、かすかな残り火がチロチロ瞬いていた。訪れを知らせる手鐘に反応がなかったように、人影だけは見出すことはできない。

　と思ったのもつかの間。

「何してんだ、ご両人」

　ヨイチとユウは、思わず飛び上がって庵の内へ退いていた。その驚きぶりに、声をかけた方こそ驚き、怪訝そうに眉をひそめている。

　カクヤであった。寸法の少し足りないよれた学生服を肩に羽織り、手には笊《ざる》を抱えている。笊の上には、草と鳥の羽根がのっていた。

「…………」

「だんまりはやめろ。わざわざ鐘を鳴らして家主を呼んでおいて」

　気を呑まれて呆然としているヨイチとユウへ言う。ユウは高ぶった動悸《どうき》を抑えるように胸へ手をやっていた。

「あの、じゃあ、やっぱり、ここに住んでるの――ですか？」

「敬語なんかやめてくれよ、同い年だろ」

「……うん」

「そこ、通して」

「ど、どうぞっ」

　ユウの横を通ってカクヤは土間に立った。ヨイチのことなどは眼中にないのか、そのまま奥へ行って、置かれてあった木箱に収穫品を詰めていく。

向こうが何も聞いてこないし、ヨイチはヨイチでじっと固い視線をカクヤへ注いでいる。

「あの、何してたの？」

と、しょうがなくユウが問いかけた。

「俺？　山菜とカラスの羽根を拾いに行ってた、すぐ裏手で」

「カラスの羽根？　なんでそんなもの？」

「そりゃ、お前ら二人を呪うためだ。黒魔術に使って不幸をもたらしてやる」

「えぇっ！」

「嘘だよ」

真面目くさって言う言葉をユウはそのまま受け取ってしまった。それをカクヤはクスクスと笑ってからかうのだった。

「入ったんなら、戸を閉めろ」

沓脱ぎの平石に立ち、カクヤは一足先に部屋へ上がる。その際、きちんと靴をそろえる几帳面さを見せた。

顔を見合わせたヨイチとユウはそれに倣って、薄暗い一間へ立つ。

カクヤは座布団を二枚、二人にあてがい、自身は薄い敷物を使った。

「…………」

　座ったはいいが、どうもこうもする案はない二人であった。居心地の悪さに心も落ち着かない。

　カクヤはそんな心中を知ってか知らずか、黙々と炉に一つかみの柴をくべ、火をおこしていた。次に隅に置いてあった手箱から小壺を取り上げた。鉄瓶の蓋を開け、壺の中身を落とす。それはとろりとしたはちみつだった。

　程なくして、ポコポコと水は沸騰してきた。カクヤは炉辺《ろばた》の盆へ伏せられていた二つの湯飲みを返し、煮え湯を注いでふくさに乗せ、二人の前へ差し出した。

　手をつけていいものか迷っているユウへ、カクヤが言った。

「お前、茶の道を志してるんだろ？」

「あ……どうして、私が茶道を……？」

「昨日、金持ち有閑マダムたちが市内の寺を借りて茶会を開いてたと思う。そこにお前がいるのを見かけた」

　ユウは目を丸くした。

「使った寺が師匠の息のかかったところ――縄張りだそうでな。メシおごってもらう代わりに、境内とか廊下とかを掃いて、来たる大掃除の下準備をしてた。まあ、そっちが俺を見かけていないのは当然。俺は枯れ葉燃やしたり、墓石磨いたり、こき使われてたから」

「なるほど……」

「俺は宍汀カクヤという」

「にく――え？」

「にくてい、カクヤ。そっちの名前は？」

「ユウ、言わなくていい」

ユウが口を開きかけるのをヨイチが止めた。

カクヤには気に障った様子もない。

「茶道家の口には合わんかもだけど、まあ一服。少なくとも、体は温まる」

さすがにもてなしを拒否するのは憚《はばか》られたか、ユウはおずおず湯飲みを取った。

「じゃあ……いただきます」

少し、舌を湿らせる。思いがけない味に、目を丸くした。

「これ、ジンジャーシロップ？　おいしい……」

「ただのショウガ汁だよ。そんな洒落たもんじゃない」

カクヤは小さく笑った。その微笑みをユウから横のヨイチへ滑らせる。彼は湯飲みへ手も伸ばしていなかった。

「で？」

言葉つきはぞんざいだが、決して争いを望む声色ではない。カクヤはヨイチの座る様――慣れ合わない心を満々とたたえる面をじっくり見やっていた。

「さっきから、俺を睨みつけるそこの君。物言いがあるなら、聞いてやる」

「盗んだ弓はここにあるのか？」

「ある」

意外なことに、カクヤはきっぱりと断言した。部屋の一角へ膝立ちに進み、そこを目隠ししていた丈の長い仕切りのれんを払って、弓袋を引っ張り出してくる。

無警戒にあっさりヨイチの手へ渡してしまうのだ。弓袋の口を解くと、傷一つない竹弓の曲線が現れた。

「いいのか？」

「何が」

「そのまま持って帰るぞ、僕は」

「それをした瞬間お前は自分の中の男を失くす。それでもいいなら、そうしてくれ。俺は止めない。決めるのはお前だ」

ずるいヤツめ、とヨイチは奥歯を噛みしめた。そんな物言いをされて戻さない者がいるわけがない。ヨイチは、カクヤの思惑通り、自身の手中へせっかく取り戻した竹弓を手放してしまった。

カクヤは元ののれん裏へ竹弓をそっと隠した。

ヨイチは古風な屋内をざっと見回した後、火かき棒がわりの細木で火の具合を確かめている相手を観察した。

「こんな所で、どうやって暮らしてる？」

「んー？」

「高校生のくせに一人暮らしなのか」

「おう」

「信じられない」

「まあ、そう言うな」

ユウが、キョロキョロと物珍しげな目を巡らす。

「テレビとか、パソコンとかは……？」

「ない。でも、スマホがある。ラジオも聞いてるし」

「充電元は？　つまり電源は？」

「水力発電」

ヨイチへの問いの答えとして、カクヤは炉端続きの床蓋を開けてみせた。

のぞき込んだ床下には小川が流れており、手のひらほどの水車が三つ並んで回っていた。

「きれいな水が近くを流れているのは幸運だった」

水車の軸には電力変換のための配線がつながり、小型蓄電器と接続されている。

「こんなもの、どこで？」

「学校の科学室からくすねてきた」

聞くんじゃなかった、とヨイチは呆れて首を振った。カクヤは柔らかく燃え立つ炎へ手をかざしながら続けた。

「なかなか賢いだろ？　スマホなら、一日使えるくらいには充電できる」

「水回りのものが見当たらないが」

「トイレなら外にある。風呂はないが、熱いシャワーはちゃんと準備をすれば浴びられる。それも面倒なら、街に降りて銭湯へ行く」

「不潔だ」

カクヤはニヤッと笑った。

「見ての通りの貧しい山暮らしなもんでね」

「こんな場所を君一人で用意したのか？」

「そんな器用じゃない。もともとあったボロ屋を掃除して、ちょっと補修しただけ」

「カクヤくんのお父さんとか……お母さんは？」

ユウがたずねた。

「死んで、もういない」

炉の火に赤く映えているカクヤの顔色は変わらなかった。それがユウに自責の念を抱かせたらしい。

「あ……ごめんなさいっ、聞くべきじゃなかった。ごめんなさい、本当に、私、変なつもりじゃっ……」

早口に謝罪を繰り返す。

「気にすんなよ。タマちゃんと同じような反応するなって」

「けど、他にもろもろの雑費があるだろ。それはどう工面してる？　まさか、狩猟生活でもしてるのか？」

ヨイチは気まずい空気を気にしないふりをしてたずねた。

「俺は鳥打ちか？　そんな面倒な稼ぎはしない。もっと手っ取り早くやる。その辺の道場を襲って、金目になりそうなもんを根こそぎぶんどってくるんだ。それをネットオークションで売って生活費にしてる」

カクヤの言い草は、嘘か真か、どことなく相手を揶揄するようなものだった。

ヨイチは睨みつけた。

「まだ道場破りなんて続けてるのか。馬鹿が」

カクヤは鼻を鳴らした。

「割のいい商売なんでね。特に弱いところほど良い宝を持ってんだ、これが」

毒を仕込ませた語尾にヨイチはムッと色をなしたが、同時に一つ疑問が生じる。そんな野盗じみた生活をしていながら、どうしてこんな暮らしぶりをしているのか。どれくらいの道場がカクヤの魔手によって被害を受けたかは想像もつかないが、借り家に住まうくらいの収入はあるように思える。

問いかけは喉元まで出かかったが、先にカクヤが気のない調子でつぶやいた。

「お前ら、来たのは師匠の差し金だな？」

重ねて言う。

「隠さなくてもいい。ここを知ってるのは師匠とタマちゃんぐらいしかいないから。で、タマちゃんはバイトで今月は忙しい。だからお前らと会ってる暇はない。とすると、教えたのは師匠しかいない。あの尼さん、相変わらず口が軽いな」

上目遣いに、炉の灯りが宿る黒い双眸がヨイチの顔を貫いた。

「なんで、顔見せなんかに？　しかも、伴侶まで同伴させて」

「伴侶だなんて……」

ユウは耳を赤らめた。

「弓の所在を調べるため」

一応、それもヨイチの本音ではある。

「素敵ってやつか」

「……お前を敵だなんて思っちゃいない。そこまで興味なんかないし」

「言うね。ブルっちゃうよ。さすが、負けを知る男の言葉は重みが違う」

軽く笑ってカクヤは受け流した。

険悪な空気は流れたが、それを意にも介さずカクヤは自分のために時間を使い始めた。カラスの羽根と古びた矢を持ち出してくる。何をするのかと、黙って見ている二人の前で矢羽根を替えはじめた。火で軽くあぶって羽根の形を整えたあと、抜け毛の目立つ古い矢羽根を取っ払って、長さを合わせ、新しい羽根を糊付けしていく。

カクヤの瞳には真剣な光が浮かんでいた。ヨイチもユウも口を開けず、しばしその手作業に見とれていた。

——とろとろと炉の火は燃え劣り出していた。烈風に近い、強い山風が家鳴《やな》りを起こした。

「陽が沈んだな」

と、急に口にしたカクヤである。

ヨイチとユウははっと目をしばたたかせた。

ここには下界の騒音がない。風とせせらぎと火の爆《は》ぜる音が満ちているばかりで、時が経つのを思わず忘れるほどの居心地に、ついうっとりと浸っていたのである。

「お前ら、そろそろ帰れ。まさか、ご相伴にあずかろうってこと？　今、うちにはカップ焼きそばと卵しかないぞ。俺、料理なんてできないから、目玉焼きを焼きそばに乗せたもんしか出せんけど」

言われて、時間の感覚がよみがえってきたふたりだった。

「ぜんぜん、そんな！　お構いなく！　ねえ、ヨイチくん。もう帰らなきゃ！　お茶もいただいて、お邪魔しました。ほら、ヨイチくんも！」

「…………」

平常の礼儀正しさがとっさに出たらしい。ユウは手をついて必要以上にぺこぺこと頭を下げる。一方、ヨイチはむすっとした面構えで腕組みを崩さなかった。

「今なら、ちょうど帰りのバスが拾える」

カクヤは立ち上がった。

戸口を開けると、夜風が冷たい水気を含んで、ビュッと顔に吹きつけてくる。梢にとどまらず、樹幹までしなりそうなほど強い颪《おろし》だった。

ヨイチとユウは暗い中へ先に出た。

あとから来たカクヤは電灯をベルトに挿し、片手に女物のコートと小さな懐中電灯を持っている。

「ユウさん」

呼びつけると、

「手を伸ばせ」

後ろからコートを着せにかかる。ユウは戸惑った。

「そんな、悪いです」

遠慮しようとするが、肩や唇は外気の冷たさに震えていた。

「寒いだろ、正直に言え。嘘はつくなよ」

「……寒い、です」

「じゃ、着ろ」

ユウは袖を通した。

次の言葉もふたりには意表外なものだった。

「あと、負《お》ぶってやる」

「え？」

カクヤは木製の背負子《しょいこ》を背に担いでいた。ユウの足元へひざまずいて言った。

「背中合わせするように乗って」

「それは、さすがにいいです。遠慮しときます。そこまでしてもらうわけにには」

これは明確に拒否したユウだが、カクヤは微かに吐息をこぼした。

「行きはよいよい、帰りは怖いってな。下山する時が一番危ない。すっころぶのは勝手だけど、怪我をしても知らないぞ。俺たちを巻き込むのはもっと困る。歩くより乗ってもらった方が気楽なんだ。そんな靴じゃ、なおさら」

というもっともな指摘。

「それに、昆虫だの、蛇だの、コウモリだのがこの山にはうじゃうじゃいる。連中に足首を噛まれたり、髪にもぐり込まれたりしたいんなら俺はいいけど」

とも聞くと、明らかにたじろぐユウだった。多足の生き物と素早い生き物にユウはめっぽう弱かった。

「師匠を山から降ろす時もよく使ってる。強度なら心配するな」

そうまで言ってくる。

「……じゃあ、その、えんりょなく」

ユウは恐る恐る背負子の座席へ腰を落とした。

すると、カクヤは身を大げさに沈めた。

「うっ、お、重い……」

「え！」

「うっそだよ！　軽い、軽い、タマちゃんより軽いって」

粗野な笑い声を響かせるのである。言葉通り、すっと何ごともなく立ち上がったカクヤの背中から、ユウはむくれた声をもらした。

「……嘘ばっかりつくんだね」

「嘘が好きだから」

――すると、ヨイチが正面からカクヤの襟をつかみ上げた。

「彼女を侮辱するような言動はやめろ」

「俺を脅すより、その彼女さんを労わってやったらどうだ？　着の身着のままで、こんな所まで連れてくるな。怒鳴ってでも待たせとくべきだった」

「………」

「ずっと突っ立っててもコトは進まないぞ」

カクヤはヨイチの手を払いのけた。

「ほら」

と、逆にその手のひらへ、懐中電灯を投げ渡す。

カクヤは腰元の電灯を点けた。

「先導は俺がする。お前は、後ろからついてこい。荷物を持って、ユウさんを支えてろ。転ぶなよ。ドミノ倒しはご勘弁」

言い含めて、先に歩き出してしまう。子供へ言い聞かせるような口調も追随する形になるのも癪だったが、ヨイチは黙って従った。闇の下り道は彼の反発心を紛らわせる程度には不安定だった。つかず離れずの二つの光源が、立ち並ぶ樹々の合間に火の玉のごとく見え隠れしながら進んだ。

「――ありがとうございました」

麓のバス停である。背負子から降りたユウは深々と頭を下げていた。

カクヤは、ユウの感謝をコートとともに受け取った。

「それじゃ」

返事もそこそこにさっさと山中へ戻ろうとする。帰りかけるその姿をヨイチはあくまで敵対的に眺めていたが、ユウはやや複雑な気持ちになったらしい。

「あの……！　何か困ったこととか、ある？」

思わず口に出たようだった。カクヤはぽつんとある街灯の下、半身を振り向かせた。

「俺を哀れに思ってくれてるんだな」

「そういうわけじゃ――」

分かっているとも、と言いたげにカクヤは手を振った。その頬には軽く笑みが浮かんでいる。

「いや違う。責めてるんじゃない。嬉しいんだ。俺を哀れんでくれるのは、優しい人間だけだから。師匠しかり、タマちゃんしかり、お前しかり。大抵の連中は、俺のこういう生活を知ると、説教垂れてくる。しっかりしろってな具合に。今みたいな言葉はかけてくれない」

カクヤはユウから、嫌気の差しているようなヨイチの顔へ視線を移した。

「でも、それに甘えるわけにゃいかねえよ。俺が望んでできたあの家。他人に乱されるにはちょっと惜しいから」

それじゃあ、ここで――と言い残し、立ち去ろうとする。

「あ、待って！」

今一度呼び止めたユウは鞄の中からメモ紙を破り取って、なにやら書きつけた。

「これ、もし何かあったら連絡して。相談――というか、とにかく困ったことがあるなら、いつでも連絡してくれていいから」

そう言って、カクヤに渡すのだ。そこには電話番号が書かれていた。

ヨイチは口も挟めず見ていた。

ユウの生真面目な表情に、カクヤは少し戸惑ったようだった。連絡先の紙をポカンと見やるが、容易に受け取ろうとしない。

「ジンジャーシロップのお礼です」

「ユウさん、お前はコミュ力の化身か？　なーんて優しい女なんでございましょう。ありがたく受け取っておく」

カクヤは紙きれを指に挟んで、別れの手を振った。

間も置かず、バスは来た。ヨイチは駅前まで戻ってタクシーを拾い、ユウを送る算段だった。

行きと同じく、帰りの車内も人は少ない。夜の山間をバスは走り出した。

席に座ったユウは膝上の鞄を両手で抱える。悩むような瞳をうつむかせていた。やがてポツリと小さく言った。

「カクヤくんって悪い人、じゃないのかな」

「いや、ヤツはあくどい人間だよ」

隣のヨイチは言下に否定した。そうせずにはいられない不愉快さが、彼の口調をこわ張らせていた。

「でも、親切にしてくれた」

「ずいぶん、楽しそうだった」

「そんなこと」

そこからの会話は途切れがちだった。いつもは他愛のない世間話を朗らかに語っては、一人笑いに楽しんでいるユウの口数も、この帰り道に限ってとんとふるわずに終わったのである。


帰宅したヨイチを出迎えたのは、明々と点滅するハロウィンイルミネーションだった。玄関先の石段にはコウモリだのかぼちゃ頭だのがずらりと飾られている。ジャック・オ・ランタンの大笑いが、ヨイチには自分への嘲笑のように感じてならなかった。

腰かけて、靴を脱いでいると、奥からミヤビが姿を現した。

「お、ちょうどいい。あたし、これから遊びに行ってくるから！」

「父さんと、母さんは？」

　履物へ足を伸ばす姉に問いかける。

「仕事で残業。帰ってくるのは夜中じゃない？」

「………………」

「何、なんか二人に用なん？」

「いや」

「そ。あ！　トオルさん、明日はお休みだから、朝は一人で起きなよ。あと戸締まりよろしくね！　じゃ！」

　そう告げて、姉は飛び出して行った。

　しんと静かな家の空気だった。

　ヨイチは取り残されたような、何か物悲しいものを覚えた。

　すると、家に帰った安寧よりも、カクヤの家で確かに感じた落ち着きが、急に強く意識された。樹々の中のあの庵。炉の明かりしかないようなあの一間。一杯の茶を飲むのにもいちいち薪をくべ、火をおこさなければならない一人暮らし。満足にシャワーも使えない。ヨイチにはとても羨《うらや》ましいとも思われない――なのに、何か妙な引力が胸を惹く。

　今日の短い邂逅で、ヨイチがうっすらと見抜けたのは、カクヤが物質的な豊かさも人とのつながりも排して濃密な孤独を得ていることだった。あそこには、その一人っきりを楽しむ時間が流れている。誰かの気づかいに煩わされることも、人恋しさに気疲れすることも決してない。

カクヤの何を羨んでいるのか、ヨイチは自分の気持ちを知った気がする。また、同時に受け入れがたい嫉妬も認めざるを得なかった。その嫉妬は、自分とカクヤの狭間にユウをも巻き込んで乱麻《らんま》のようにもやもやともつれ合う糸に近い。こんがらがった感情なのだ。

悶々とつきまとってくる暗い疑いを抱えて、ヨイチは自室へ戻った。

配送会社の段ボールが部屋の前に置かれてある。

中身は新品の矢であった。傷一つないカーボン製の矢。合成繊維の矢羽根に欠けなどあるわけもない。ヨイチは矢筒から取り換える矢を抜き出した。ふと、カクヤが修繕していた使い込まれた矢が目に浮かぶ。使えるものをあっさりと捨てようとしている自分と、使い続けるために手を尽くすカクヤ——そこにもまた、必要のない引け目を感じてしまうヨイチだった。

夕食はオンライン注文の配達で済ませてしまった。広い食卓だが、その広さが活かされることはこの頃少なかった。

冷蔵庫を開けると、結局、食べずにとっておいたプティガトーのチーズケーキがまだ残っていた。口に運んだヨイチは、少しもおいしいとは感じなかった。

前哨戦

十月も終わり、冬の全国選抜大会まで二か月を切った。

八坂実高校の弓道部は年間を通して朝の五時半から八時半まで朝練の時間を取っている。まだ日も昇りきっていない暗いうちから、生徒は冷たい道場の床へ上がってくる。

全国選抜の入賞は常勝高校に課せられた責務でもあり、部員の悲願だ。経歴に箔がつくのはまず間違いなく、晴れがましい勲章を今後の人生で誇れるとあって、大会を目睫《もくしょう》に控えたこの時期は、生徒らの弓への打ち込みも一味違う。日頃以上の厳しさで射手と向き合うアスカ顧問に、むしろ食らいつこうとする威勢さえあった。

皆、必死だ。早朝の的場に響く矢の音にも迫りくるものがあった。

かたや。

それに徹《てっ》しきれない集団がいることも事実だった。一致団結は標榜《ひょうぼう》しているが、出場権を得た選手身分の者とそうでない者——同級生との競り合いに敗北し挫折した心を抱えて漫然と通っている輩や下級生——では、やはり心構えに差があった。

加えて、ふだんは私語などもってのほかだが、アスカ顧問は隔日でしか道場に顔を出さない。指導者の高座に彼女がいない時は、おのずと緩んだ空気が醸されるのは仕方のない

料金受取人払郵便

新宿局承認

2523

差出有効期間
2025年3月
31日まで
（切手不要）

郵便はがき

160-8791

141

東京都新宿区新宿1－10－1

（株）文芸社

愛読者カード係 行

ふりがな お名前		明治 大正 昭和 平成 年生 歳	
ふりがな ご住所	□□□-□□□□		性別 男・女
お電話 番 号	（書籍ご注文の際に必要です）	ご職業	
E-mail			
ご購読雑誌（複数可）		ご購読新聞 新聞	

最近読んでおもしろかった本や今後、とりあげてほしいテーマをお教えください。

ご自分の研究成果や経験、お考え等を出版してみたいというお気持ちはありますか。

ある　ない　内容・テーマ（　　　　　　　　）

現在完成した作品をお持ちですか。

ある　ない　ジャンル・原稿量（　　　　　　　　）

書　名				
お買上 書　店	都道 府県	市区 郡	書店名	書店
			ご購入日	年　月　日

本書をどこでお知りになりましたか?

1.書店店頭　2.知人にすすめられて　3.インターネット(サイト名　　　)

4.DMハガキ　5.広告、記事を見て(新聞、雑誌名　　　)

上の質問に関連して、ご購入の決め手となったのは?

1.タイトル　2.著者　3.内容　4.カバーデザイン　5.帯

その他ご自由にお書きください。

(　　　)

本書についてのご意見、ご感想をお聞かせください。

①内容について

②カバー、タイトル、帯について

弊社Webサイトからもご意見、ご感想をお寄せいただけます。

ご協力ありがとうございました。

※お寄せいただいたご意見、ご感想は新聞広告等で匿名にて使わせていただくことがあります。

※お客様の個人情報は、小社からの連絡のみに使用します。社外に提供することは一切ありません。

■書籍のご注文は、お近くの書店または、ブックサービス(0120-29-9625)、セブンネットショッピング(http://7net.omni7.jp/)にお申し込み下さい。

ことだった。

「――もうね、びっくりよ、うちのオカン。朝起きた時とかさ、パンのCMの真似して踊りながらメシ作ってんの。あれがマジで！　嫌でさ！　冬のパン祭りだよ、とか言ってんの」

「お前もいっしょに踊ってやりゃいいじゃん！」

道場の控えで一群れが笑っている。大会に出る資格のない一年生たちの、それは取るに足らない談笑だった。

最前までは、黙々と的作りに勤《いそ》しんでいた彼らだが、何かの拍子にいらぬ口を切ったお調子者がいるとみえ、だんだんと声量も態度も締まりのないものへと変わってきている。

ギョウブ部長、シュテン、オロチの大会参加者三名は、迷惑そうに彼らを白眼視していたし、その他の者たちも上級生の一喝を期待するように、騒がしい声を忌々しく思っている様子なのだ。いよいよ三年生らが顔を見合わせ、この場にいない顧問にかわって怒声を発しようとした時、

「おい」

苛立った声色が、車座になってケラケラと肩を震わしている連中へ放たれた。

射場から辞したばかりのヨイチが、歩み寄りながら彼らに声をかけた。

「遊びに来てるなら、帰ってくれるか」

「ごめん、ごめん。黙るよ」

「いや、黙るんじゃなくて、帰れ。ここにいられちゃ、目障りなんだけど？」

「…………」

同級生からの叱声《しっせい》に誤魔化し笑いを浮かべながら、そこらの一年生たちは慌てて的作りを再開しようとした。

ヨイチは、その手を弓の端で抑えた。案外な力が加わっていたようで、あぐらの上の的は遠くに弾んでいってしまう。静まり返った道場の床に音は大きく響いていた。ヨイチは構わず、さらに語気を強めた。

「だから、黙ってないで帰ってくれる？」

「おい――なんでそこまで言われなきゃならないんだ？」

いきり立った者の反論である。立ち上がって睨みつけた。ヨイチが真っ向から睨み返すと、先に睨んだ相手の目は気圧されたように少し泳いだ。

「君らが邪魔だから」

「……顧問でもないくせに」

「なら、伝えておこうか？　君らのその態度。相談しておこう。――君らの処分を」

「顧問に頼らないと何もできないのかよ」

「それで君らが消えてくれるなら、僕は喜んでそうするけど？」

一年生ながら、選抜大会個人戦の選手として出場が決定しているヨイチである。物言いが辛辣《しんらつ》になるのは当然、と成り行きを見守る大半の者は思った。

その大半から外れた人間たちの顔つきは、すこぶる渋い。

ヨイチの正論至上主義的な言い方とそれにともなうとっつきにくさは、ごく一部の者から不評を買っていた。今、ヨイチと向かい合っている一年生はその代表ともいえる人間で、頭では反省すべきことは分かっていても、それを促しているのがヨイチだと考えると、わけもなく反抗するような心持ちとなってしまうのだった。

ヨイチはヨイチで、相変わらず据えた目を光らせている。

「どっちも落ち着け。時間を無駄にするな。修練に戻れ、ほら」

咳ばらいをして仲裁に入るギョウブたちだった。

「無駄？」

その諌《いさ》めはかえってヨイチの神経を逆なでしたらしい。矛先を変えて、

「だったら、先輩たちに注意してほしかったですね。いつまでもグズグズして、出てくるのが遅いんですよ」

つっかかってしまう始末だった。

「………」

ヨイチのいつにない剣幕に、ギョウブたちは目を見張っていた。道場では一年生よりも、

彼ら三年生と過ごした時間の方が長いヨイチである。そんな彼の怒気みなぎる形相に、周囲の者は気まずげに閉口している。

――ヨイチはえびらから矢を抜いて、再び射場に立った。

ヨイチの憤りは、なにも部員のだらしなさだけに起因するのではない。

事々において、はかばかしくないこの頃の自分に対する不満も多分にあった。

それが、部員のだらけた様を見て起爆した形なのだ。爆発させておいて、このままではいけない、という自省心も冷静に持てるヨイチだった。

こうした情緒《じょうちょ》不安定さは、カクヤの住む庵を訪ねてからのことなのである。

弓を引いても、勉学に没頭しても、頭の中は靄《もや》がかかったようにすっきりとしない。その靄の中に常にちらついているのはカクヤの顔だった。

何ごとにおいても、カクヤの影と自己の姿とを比較してしまう。なんてことのない一射をとってみても、頭の中でカクヤを一度透してみなければ納得がいかない。

それで幻影の敵を上回れる何かを得られるのなら問題はない。だが、大抵は自分の欠点を見出して、逆に何かを失っている気がする。そのためか、ここ最近は、的への潜心もおぼつかなくなってきている。

つまるところ、順風な人生を歩んできたヨイチ十六歳が初めて感じる他者への劣等感なのだ。見えない手で頭を抑えつけられているのとなんら変わらない。心身は力いっぱいの飛躍を求めているのに、胸につかえる息苦しい圧迫がそれを阻《はば》んでいるのだった。

ただ、唯一。

その影、その圧力を払う方法がなんであるか——それだけはヨイチにも分かっていた。


その日の放課後、自前の弓矢を携え、思いつめた面持ちで道場をあとにするヨイチに、見送るギョウブたちはかけ得る言葉を持たなかった。近頃のヨイチは話しかけてもとげとげしい返答しかせず、その上、何やら大それたことをしでかそうと企んでいる目つきでもあって、安易に呼び止めるのは躊躇《ためら》われた。

ヨイチは再びカクヤの庵へと足を運んだ。ほとんど衝動的な欲求だった。肩に担いだ弓でカクヤとの勝敗を一挙に決しようというのだ。果たし合いは夏の大会を舞台としているが、ヨイチはそれまで待つことなど考えられないでいた。

この苦しい、伸び伸びとしない気持ちを抱えたまま過ごすのは、約束を反故《ほご》にする汚名を被ることよりも堪えがたかったのである。

もし、こちらの要請が受け入れられなければ——そういう憂慮もないではなかったが、ヨイチは力づくでもカクヤに弓を取らせる腹づもりだった。

庵を目前にヨイチは立った。除草を怠っているのか、軒下の雑草は生えるに任せたまま青く密集している。その他は変わりようもなく、以前のままの古い草ぶき屋根であった。

ところが、板戸をいざ開こうとしたとたんである。

ヨイチは手を止めてその場に固まってしまった。

「いやっ！　いやっ！　いやあっ！」

という少女の泣き声が聞こえたからだ。一瞬、ヨイチはよからぬことを妄想した。ひと気などはない平日の山中である。ついに本性を見せたカクヤが越えてはいけない一線を越えたのかと思考が凍りついた。

ところが、続く大声にそうではないと悟る。

「いやだからね！　ウチ、カクヤくんとずっといっしょにいるから！」

「なら、何度でも言う。タマちゃんよりも俺が大事に思ってるのは弓の方だ」

「………………」

「弓さえあれば、それで良しと思ってる。弓さえあれば、他のどんなこともどうだってよくなる。それは、タマちゃん、お前も例外じゃない。そんなヤツといっしょにいて何が嬉しい？」

「……っ！」

「メソメソするな！　タマちゃんは頭が良いから、俺の言ってることが分からんわけじゃないだろ」

痴話ゲンカ――どうもそうらしい。

出直すべきかどうか……戸を一枚隔てて、男女の別れ話を盗み聞きするヨイチはすっかり面食らったまま足を止めていたが、

「――――ぅぅぅわあああああああああ！」

と突然タマの叫び声が尻上がりに轟き、屋内からゴドンッと捨て置くわけにもいかない物音が響いたので、思わず前後の考えも忘れて押し入ってしまった。

「何っ！　取り込み中っ！」

タマはキッと音の鳴りそうな視線を踏み込んできた客へ射向けた。

ヨイチはあぜんとして炉辺の二人を見た。

タマに腕をひねり上げられているカクヤであった。振り払おうと思えば易々《やすやす》振り払えるだろうに、タマのするに任せ、座ったまま畳へ頭を垂れているのである。

タマはヨイチを無視して、涙混じりの震え声を絞った。

「あたいんといよってそばおいとっちゅえ！」

「タマちゃん、方言が強くて何言ってんのか分からんぞ」

腕を逆方向へ固定された格好でカクヤは言った。

彼の瞳が、ちらりとヨイチを見やる。

やや度を失っていたヨイチは我に返ると、とりあえず、二人を引き離しにかかった。根が善良な常識人なのである。見過ごすわけにもいかないのだった。

なんとかなだめにかかって、両者を座らせる。

「………」

そのあとには、カクヤの横で不機嫌さを隠しもしないタマのむくれた頬があった。

カクヤはヨイチに茶を出した。

「助かった。危うく腕を引っこ抜かれるところだった」

忍び笑いをこぼすのである。タマが無言で彼の肩をポコポコ叩いていた。

「お前、地元民だろ。さっきタマちゃんがなんて言ったか、教えてくれ」

「分からないのか？」

ヨイチが問う。

「うん。俺鹿児島育ちじゃないし。俺が分かったのは、あたいって最初の言葉と、タマちゃんが激怒してるってことだけ」

タマにじろりと睨まれ、ヨイチは開きかけた口をつぐむ。仕方なく、誤魔化すように早口で言った。

「郷に入っては郷に従え。方言ぐらい、自分で聞き取れるようになれ」

「……？」

ヨイチの忠言を胡乱《うろん》な眼差しでカクヤは聞いていた。

「なんで言い争いなんか」

一応、ヨイチは調停者の立場をとって仲違いの原因を探る。

「君のせいでしょ！」

タマの言い分であった。ヨイチは身に覚えのない顔をした。

「君との試合に集中するために、ウチ、もう来るなって言われたんだけど！」

「それは……気の毒に。知らないけど」

カクヤは薄く笑んだ。

「タマちゃんには十分世話になってる。こんな辺鄙《へんぴ》なところまで、野菜だの、シャンプーだの届けてもらってる。それをやめさせようとしたら、怒られた」

「ウチは自分のしたいようにしてるって言ってるじゃん！　それがダメなの？」

「そう、ダメだ」

「やっ」

「や、じゃない。お前、泊まろうとするだろ、ここに。風呂は汚い五右衛門風呂、トイレは古臭い雪隠《せっちん》。虫も多い。そんな所で過ごそうとするな」

「カクヤくんは住んでるじゃん！」

「俺の家だから。家主の言うことを聞け」

「……訳分かんないっ」

カクヤは意を曲げようとしない。タマも唇を噛んでそっぽを向いてしまった。

「それで？」

炉の火元にうつむけた面から目だけを動かして、カクヤはヨイチを見た。

「前回に引き続き、今日も押しかけか」

「…………」

「とはいえ、今回は訳ありって感じだな。得物《えもの》まで用意して」

しげしげと横に置かれたヨイチの弓矢を眺めるのだ。穏やかに炉の火明かりを映すカクヤの眼差しとは打って変わって、ヨイチの瞳の中には鋭いものが凝《こご》っていた。

「僕と、競え」

「競えとは」

「弓に決まっている」

「今か」

「そう。夏までなんて気の長いことを言わずに、今日決着をつけよう。いくらなんでも自分の弓は持ってるんだろ？　これから道場へ行こうじゃないか」

「…………」

あまり乗り気でない顔のカクヤだった。ヨイチはそれを相手のすくみと見た。たたみかけないわけにはいかなかった。

「怖じ気づいた？　それとも、何かできない言い訳でもある？」

　カクヤは軽く首を横に振った。

「――いや。でも、いいのか」

「何が」

「大人のメンツってもんを考えてやらねえと。こっちの師匠とおたくの師匠が、わざわざ音頭を取ってあつらえてくれた遺恨試合だろう。それを、こんな見切り発車に始めて面白がるかな」

「逃げ口上か、情けない」

「はあ？　カクヤくんは情けなくないし！」

「タマちゃん」

　カクヤは憤りを露わにする少女を制した。

「もう一個、情けないことを言ってやる。お前の彼女さん――ユウさんの姿が見えないけど、どうした？」

「彼女は関係ない」

「いやいや。きっと恋しくなる。――負けを慰めてもらうためによ」

　カクヤの語調は不敵な嘲弄を帯びていた。

「あ？」

「負けたら、誰がお前の頭をなでてくれる？　負けてえんえん泣いているお前のご機嫌取りは誰がする？　俺がしてやってもいいけどなぁ。でも、身内にしてもらった方が嬉しいんじゃないか？」

「僕を馬鹿にするのか」

「うーん、ちょっと違うな。まあ、お前が馬鹿で間抜けなのはその通りなんだけど」

　減らず口の憎まれ口である。ヨイチは胸先で暴れ出す感情を懸命に抑えつけた。相手の感情をかき乱して、先手を取りにかかる人心掌握は、カクヤの得意とするところだ。それは、カクヤがこちらを格上と見なしているからに他ならない、とヨイチは考える。互いに通常の精神状態では競争に勝てないから、相手のみを惑乱させて弱体化を図ろうというカクヤ流の防衛策なのだ。裏を返せば、こちらが冷静であるうちは負ける道理などはない。また、カクヤは余裕ぶっている一方で、こちらの来襲に少し戸惑っているふうでもあるし
――とヨイチは自分の優勢を確信していた。

　二人は静かに睨み合った。

「どうも本気とみた。その必死さに免じて受けて立とう」

　カクヤは膝を打って気安く立ち上がる。

「タマちゃん、証人になってくれ。一応、そういう人間も立たせておかないと、あとであーだこーだアヤをつけられちゃたまらないからな」

「う、うん」

素直に勝負を受けたことが意外だったようで、タマはうなずきつつも目を丸くしていた。

ヨイチも弓矢を手に立ち上がる。

「じゃあ、これから道場に――」

「山は下りねえ」

ぴしゃりとカクヤはさえぎった。奇妙な面持ちをするヨイチだった。

「お前がもともとの取り決めを無視してふっかけてきたこの勝負。それは認める。でも、どう競うかは、俺が決める」

「まさか、無理難題を言ってうやむやにするつもりか」

ヨイチが警戒すると、

「心配すんな。俺は弓取りだ。勝負は弓でする。それにすぐ済む。俺はこれから行くところがある。だから、だらだらとはしてられない」

「どう勝負をつけるつもりだ」

「ついてこい」

俺の裏手に回る。

初めに来た時は気づかなかったが、そこだけ、木々が左右へ分かれ、下草も生えず、山中には珍しい平坦でまっすぐな空き地が待ち構えていた。

目を向けた最奥には、ただ一本、ぽつんと大樹が立っている。

木の根方に、安土が盛られていた。見慣れた黒白の的がそこへ置かれている。それだけで、この場所がどんな意味を持っているのか、ヨイチには判然とした。

ここもまた道場なのだ。ただ一人――カクヤだけの青天井の弓道場。

カクヤは屋根と柱だけの物置から古い弓を持ち出してきた。腰に下げた弦巻から弦を引き出し、手早く張る。

「………」

「あの木の根に立てかけた的が見えるな？　射距離は二八メートル。的の直径は三六センチ。近的の規定にピタリ合わせてある。あれを射る」

ヨイチは持ち前の視力の良さでざっと目算した。経験から照らし合わせてみて、確かにカクヤの言う通りだった。

「俺が負けたら、ここであのお宝をきっちり返してやる。それは本当だ。今言った言葉に嘘はない」

ヨイチに背を向け、淡々と言った。その時、不意にカクヤはスマホを取り出し、黙って画面を見やっていた。それから何か簡素な返信をして懐へしまった。振り返った彼の手には一条の古矢が握られている。

「昔の弓取りは、たった一本の矢を中《あ》て損なっただけで、首が飛んだらしい。俺たちもそうしてみようや」

カクヤの瞳が、矢筈から矢じりまでをざっと検分した。

「射る矢はお互い一本だけだ。的のより中心に中てた方が勝ち。判断はタマちゃんにしてもらう——そう決める」

「待て、そっちの陣営の人間が審判を務めるのか」

カクヤは辟易したように吐息をついた。

「なら、お前が勝ち負けを判断すればいいさ。俺はどっちでもいいんだ。重要なのはとにかく的の真ん中に中てること——簡単だろ？」

一本勝負。まるで手慰《てなぐさ》みのような試合内容だった。

ヨイチの胸に突然、張り合う気持ちが膨らんできた。

「受けて立つ」

「どっちが先に立つ？　くじで決めるか」

競射で有利なのは、先手だ。相手の射に惑わされない一番手が、射手にとってもっとも心安んじて弓を引ける順番である。

ヨイチに手心を加えてやろう、などという容赦はなかった。

「僕が先に」

「よし、じゃあ、やれ」

　カクヤは後ろ歩きに身を引いて的前を明け渡した。

　ヨイチの足が射場に立つ。道場の硬い床ではない、そこは盛り上がった土の上だった。

　右手に提げた一本の矢をつがえる。横を向いたヨイチの頬へ矢の芯が降りてきた。

　普段なら、勝ち負けに拘泥《こうでい》することはない。大抵のことは、人並み以上にこなすことができたから、他人には羨ましがられた記憶しかない。上手くいかない物事があったとしても、多少の訓練と自学で克服するのは簡単だった。

　だが、弓は違う。弓は自分でも驚くほど長々と練磨してきた。自分こそ弓の体現であると、ヨイチの若い精神は思い上がっていた。

　そこに現れたのがカクヤだった。

　どうしてだか、彼の上に立つことができない。明確な、誰がどう見ても疑いようのない曇りなき勝ち星というものを――今まで自分が当たり前に手にしてきた成功を――彼を前にすると掲げることができない。そう感じるのは弓だけにとどまらず、生活の事々においても同様だった。

　ヨイチは、カクヤと肌合いが合わないことを自覚している。火と水なのだ。だというのに、何かにつけ彼と自身を比較してしまう。

　ヨイチの執心をカクヤがあまり気にかけていないのも腹立たしい。

　要は自分という人間を眼中に入れていないのだ。

しかし、ここに至ってはそうも言っていられないだろう。

貪欲《どんよく》に勝機も手繰り寄せた。意識が、針穴へ糸を通すように、瞬時、張りつめた。この一射が自分へ勝利をもたらす。その予感が明瞭にあった。竹弓が神棚へ返ったと知れば、部員らはなんと騒ぎ出すだろう。そこへ素知らぬ顔して現れる自分。感嘆される自分。その称賛、その陶酔を一足先に肌で味わえるほど極まった自己への集中だった。

——そうして、外部への注意は散漫となった。

絞りに絞り、狙い定め、満を持して弦《つる》から指を離そうとした刹那である。びゅっと以前にも起こった山颪が吹いた。矢はすでに弦から解き放たれていた。吹き荒れた風に梢が喚き、ほんのわずかに矢の軌道をそらす——ヨイチは愕然《がくぜん》とそれを感得した。

パァン、と的が叫ぶ。

射込んだ人間のみが知り得る知覚があった。しくじったか、そうでないか。ヨイチが持った答えは動悸が知らしている。ヨイチは表情を失くし、寒々しい予感を胸に抱いて的に突き立った矢を凝視《ぎょうし》していた。

カクヤはぽつりと、

「寒い」

つぶやいて、タマの肩へ自身の上着をかけた。

ヨイチのあとにカクヤは立った。

なんの気兼ねもなく、淡泊に行射へ移るのだ。射形は引き分けから会に入り、キリキリと矢がためられたあと、つつがなく弦から放たれた。ヒュゥパァン——と、的が矢を吸い込んだような的中音であった。

「タマちゃん、頼む」

乞われたタマは矢道を往復して矢が刺さったままの的を持ってくる。

ヨイチのカーボン製の美しい一矢。

カクヤの使い古された一矢。

カクヤの矢は的の中央やや左方よりを射抜き、ヨイチの矢の穴はそれよりさらに左へ大きくずれている。

「勝ったのは——カクヤくん」

「そうか」

「…………」

一目瞭然の結果に、ヨイチは押し黙ってしまう。

もはや取り戻せはしないが、敗因を彼は考えた。

勝負は、最初から——それこそ、カクヤの縄張りたるこの山の道場で済まそうと定めた時点で決していた。負けたのは当然だった。地の利は向こうにこそあり、自分は感情の赴くまま、無策も同然で挑んだに過ぎない。

自分の腕をひどく過信して。

どう帰ったのかは、ヨイチには見当もつかなかった。冬日の早い日暮れだ。気づけば、暗くなった通学路を下校の生徒とは反対にのろのろと歩んでいた。

持ち帰る気にはなれない、教室に今日使った弓矢を返しておこう——そういうぼんやりした考えが、敗色で塗りつぶされた頭に漂っているばかりだった。

宵越しの仄明《ほのあか》るさもない正門を通って、下駄箱へ足を早める。

職員室から教室の鍵を借りようとすると、まだ返ってきていないと遅番の教師に告げられた。

誰か残っているのか——いぶかしく思いながら教室の戸を開けると、明るい室内灯の下に一人、見知った姿がぽつんと座っていた。

ユウだった。

驚いたのはもちろん、この時ほど会うのに間が悪いことはなかった。

「ユウ、何してるんだ、一人で」

やや剣突《けんつく》を食わせるような口調になってしまう。ヨイチは、負けてささくれ立つ自分の稚拙《ちせつ》さにうんざりした。もっと柔らかく言えればいいのに、と自己嫌悪を感じた。

「鞄が残ってたから。待ってた」

「こんな時間まで？　なんでそんな」

「やっぱり、見てくれてなかったんだ」

ユウは泣きたいような目元に無理のある微笑みを浮かべて言った。

カクヤの庵へ行く際、財布と弓矢以外の不必要と思われる荷物すべてを教室に残していった。朝から気分の悪さを感じつつ、日中は雑多な思いが――カクヤへの鬱憤《うっぷん》が頭にいっぱいで、とても他に気を配る余裕などはなかったヨイチだった。

遅まきながらスマホに届いていたメッセージを確かめた。最近のすれ違いを危惧《きぐ》することと、放課後会って話したいことがユウらしい真摯《しんし》な文面でつづられてある。

ヨイチは顔を上げた。

「見なかったんじゃなくて、気づかなかった」

彼に、自分の落ち度を認める気持ちはなかった。

「同じだよ」

「同じじゃない」

「……ヨイチくん、カクヤくんの所に行ったんでしょ？」

「また先輩たちに聞いた？」

「ううん、シュテン先輩に聞いたら、自分たちも分からないって。何も言わず出て行ったって……それで、カクヤくんに聞いたの」

「ヤツに？」

心のざわつく嫉妬がヨイチの瞳を濁らせた。

「うん、そしたら、自分の所にいるって」

「………」

「何があったか、教えてくれたよ」

ヨイチは苦虫をかみつぶしたような顔をした。ユウはそれをじっと見やっていた。

「また私に何も相談してくれなかったね。一言もなかった」

「それはユウに――」

ユウにヤツを近づけたくなかったから、という本音を、ヨイチはなぜか言えなかった。

「ユウに相談する義理もないし、したところで意味がないことだからだよ。分かるでしょ」

「だよね。ヨイチくんはそう言うと思った」

ユウは伏し目がちに小さく笑む。ヨイチは見下げられているような気がした。

「何？　何か言いたいことがあるなら、そんな嫌味っぽく言わないではっきり言ってほしい。僕はなんでも聞く」

「言うことなんか、ないよ。私じゃ、ヨイチくんの力になれないから」

「そんなことない」

「そうだよ」

「違う」

「そうだって」

「こんな議論無意味だ。ユウ、君、おかしいぞ」

「だって、ヨイチくんは何も言ってくれないから」

ユウの肩が骨身からにじむ悲哀に揺れた。まなじりの涙がぽろっとこぼれる。水粒は灯りに輝いたが、ヨイチはそれに気づかないふりをした。なんと声をかければいいのかも分からなかった。彼は、自分の都合を優先して他人に優しくすることはできても、他人と感情を溶け合わせる方法をまだ知らなかった。他者の悲涙の前では、オロオロと血の気を引かせる普通の少年だった。

が、この期に及んでそういう態度はおくびにも出さない。出せるほど、ヨイチはたくましくない。

ユウの方は多少その点においては素直だったが、彼女もまた同様だった。互いを特別視している不器用な若い男女のほろ苦い誤解なのである。

ユウは何も言わず席を立った。

かたわらを通り過ぎていく彼女の濡れた頬から、ヨイチは顔を背けた。

以来。

二人の間に結ばれていた縁は間遠となってしまったのである。

死気体

後悔の念はすぐにヨイチを苛《さいな》んだ。

あんな弁舌を――人に涙を浮かべさせるような口論を求めたわけでは決してない。単に、一時の気の迷いだったのだ。相手を突き放してやりたいなどとは露ほども考えていなかった。

ましてや、大切なユウを相手に。

ヨイチは愛情を知っている。ユウが自分へ持つ愛情などはより深く知っている。ただ、彼はそういう一面をはっきり見せ合うことに気後れを感じていた。

何ごとにも動じない毅然たる姿、その理想像が、ヨイチを意固地にした。

ユウが離れていったのを自覚しながら、この期に及んでもそういう自己理想だけは捨てきれないのである。

翌日、ヨイチもユウも何食わぬ顔で登校した。ヨイチは、ユウが何ごともなく接してくれるものと期したが、その機会が訪れることはついぞなかった。

それで体調を崩したとか、塞ぎ込んでしまうようになったとか、そういう表面上の変化は今のところ微塵もない。

しかし、失調はもっと根深い部分にすでにきたしていた。

それについてはヨイチ本人も認めざるを得なかった。年の暮れに行われる全国高等学校弓道選抜大会――冬の全国大会で、彼自身が証明してしまったのだから。

個人戦の出場枠を獲得していたヨイチは、団体戦に出場するギョウブ部長らに随行した。全員、闘志満々の様子で磨きに磨いた弓の心意気を発揮しようと決心していたが、ヨイチだけは違った。どうにも気が散じて、目の前の大事に集中しきれない。その瞬間その刹那に馳《は》せるべき心が、別の何かに囚われている。その何かとは、やはりユウとの不和でもあり、カクヤとの対決でもあった。

ヨイチは個人戦予選で敗退した。

弦の鳴りはおろそかで、的を貫く快音はただの一度も聞かれなかった。さもありなん、とヨイチは意外と冷静に惨憺《さんたん》たる結果を受け入れていた。

色めき立ったのは、仲間の方だった。

部の面目は団体戦に出場したギョウブたちが準優勝したことで保たれた。彼らは自分たちの好成績をことほぐ前に、ヨイチの低迷をいぶかしんだ。幻滅の面持ちで、次第《しだい》をたずねてくる彼らには体調不良――などと偽りを告げ、ヨイチは追及を避けた。

アスカ顧問は、気もそぞろなヨイチの顔を見て、多くを語らず、多くを聞かなかった。

ヨイチのまとう雰囲気から、射手として誰もが持たなければならない自信、すなわち傲慢さが失われているのを見抜いたためだ。

八坂実高校の道場へギョウブ部長らが凱旋《がいせん》するかたわら、ヨイチはアスカ顧問に呼び出された。

いつか茶道室で相対した時と同じ図で、アスカ顧問は再びヨイチと向き合った。

「枯れつつある」

出し抜けに切り出したかと思えば、茶釜の冷や水をヨイチの顔へぶちまけたのである。

首から肌着へ染み込んでいく水に、ヨイチは身震いした。

「はっきりとそれを感じる。君は自分の才質を自分で枯らしている」

「大会の不出来は申し訳ありませんでした」

ヨイチは慇懃《いんぎん》に頭を下げた。濡れ髪が額に張り付くのもそのままにしていた。

「大会のことだけではない。君はただの意気地なしになり下がった」

アスカ顧問の底冷えするような声色に、ヨイチは面も上げられなかった。

「腑《ふ》抜《ぬ》けているのなら、辞めろ」

言うこともなすことも、竹を割ったように明解で仮借《かしゃく》しないアスカ顧問である。よって、この宣告は彼女の本心でまず間違いはない。

ヨイチは何か言い返そうとするもののアスカ顧問が立てた人差し指にその申し開きを封殺されてしまう。

「聞け。私が唯一許せないのは、久光のヤツに顔向けができないような状況になることだ。それだけはなんとしても避けねばならない。自分のために弓を引けなくなった君には、私のために弓を引いてもらう。いよいよとなったら、私は君にそれを強《し》いる」

しかし、とアスカ顧問はそこで言葉を一段強めた。

「もし、君がそれすらもできないまま潰れているばかりの才能なら、私は君をすっぱり見限る。君が卒業するその日まで、神棚の前で弓は二度と握らせない。君はそれに従わなければならない。それで、私の立場が危うくなっても構わない。死なばもろともだ。君と私はともに崖っぷちに立っている」

そう言うと、ひたと、ヨイチのどこか陰気な面を見据える。

「君がカクヤという先の手練《てだ》れに執着しているように、私にも譲れぬ一線がある。久光には負けるわけにはいかんのだ」

冷徹なアスカ顧問の双眸は、瞬時感情的な燃える目となった。軽蔑、尊敬、負けん気、嫌悪、とても一口には言い表せない激したものが光っていた。

ところが、その発露は次の瞬きのうちに過ぎ去ってしまう。あとには、狼の目元に似た鋭利な眼光があるばかりだった。

「――久光のことは知っているか」

問われたヨイチは首を傾げた。振り返ってみれば、あの禿頭の女性の素性はよく知らない。一方で、少し会話の流れから外れているような怪訝も抱いた。不審顔のまま耳を傾ける。

「私とヤツは八坂実の門がまだ真新しい頃からの同門の射手だった。ヤツは……ヤツは弓の天才だった。努力家の私では足元に食い下がるぐらいしかできなかった」

意外な相関を口にする。アスカ顧問は驚いているヨイチに構わず続けた。

「ある時、部内で代表を決める話が持ち上がった」

「大会の出場者ですか」

「違う。この場合の代表とは、顧問代理——つまり、ゆくゆくは道場を背負って立つ次期顧問のことだ。それを決めようという場が立った」

「…………」

「誰もが、その地位は——今私が得ているこの立場と権威は久光がたまわるものと思っていた。私とヤツとでは、それほど差があった。ヤツにとって、私などは木っ端に過ぎなかった」

「でも、実際には」

「勘違いするな。実力で勝ったのではない。ヤツが手を抜き、私に勝たせた。それだけだ」

淡々と回顧してはいるが、アスカ顧問の語気は恨みとも感謝ともつかない響きで軋《きし》んでいた。

「真っ当に立ち合っていれば勝てたところを、ヤツは私に手心を加えたのだ」

「どうして、久光先生は顧問を……？」

「私に花を持たせた理由？　そんなことは知らんし、知りたくもない。私の貧困を憐れんだからかもしれない。確かなのは、おかげで私は八坂実の栄えある弓道部に籍を置き続け、ヤツは僧侶と貧乏校の端役《はやく》顧問という二足のわらじで余生を過ごすことになった、これだけだ」

　ヨイチには、彼女の言わんとしていることが身に染みて分かった。同時に、自分の未熟さが我ながら情けなく、沈鬱として止まなかった。

　アスカ顧問が心を鬼にしてヨイチを叱責したのは、一も二もなく道場の行く末を思ってのことだった。名門弓道部の評判を堅持することで、さらなる隆盛を図っているのである。また、それに邁進《まいしん》しないことは久光への不義理ともわきまえているのだ。

「ヨイチくん、君の才能は久光のそれと同一のものだ。天からの授かりものだ。この道を志す者が死力を尽くしてもなお手に入れられないものを、君はもう身に受けている。だが、私の役目はあの道場の名誉を守り、次代につなげていくことにある。君を守り育むことではない。もし、君が部の足かせとなり、いつまでも才能を枯らしている男でいるつもりなら、別の者を君の後釜に据える。もう一度言うが、意気地なしに用はない」

「…………」

「やはり大したことはなかった、などと久光に嗤《わら》われるのだけは、どんな事情が差し込まれようとも容認することはできない」

そうまで念を押され、ヨイチは帰宅を命じられた。

——退部勧告。

アスカ顧問の厳談は、それをヨイチの胸に刻んだ。

ヨイチにしても、全国大会個人戦をあっさり敗退したのは痛恨の極みだった。高校生弓道の最高峰に出向きながら、心ここにあらずの気構えで、的を前にしても惨めに自失している。となれば、アスカ顧問が一種の危機感を覚え、ああして叱り抜いてきても無理からぬことであった。

しかし、やはり。

ユウとの結びつきが薄れていること。

名門の栄誉や自分の窮状と向き合う以上に、それがヨイチの気持ちを暗く冷たくさせていた。

ヨイチとユウは幼馴染みだった。

物心つく頃には、お互い見知っていた仲なのだ。家族ぐるみと言ってもいい。ユウの母親とヨイチの母親が無二の親友で、そのつながりからの縁だった。

ユウは常に親の背後へ隠れて過ごすような子で、はつらつとした現在とは正反対に内気そのものであった。

二人が出会ったのは、母親同士が通う婦人会の場である。ヨイチもユウも同年同士ということもあって、顔を合わせるたびに屈託なく遊んでいた。ユウは、ヨイチの姉であるミヤビより、ヨイチの側にいることを好んだ。

ある夏の日。ほんの子供の頃、ヨイチはユウにせがまれてたった二人、桜島へ遊びに行ったことがある。「溶岩というものを見てみよう」、と子供らしい突拍子のなさで即断してからの決行だった。

とはいえ、子供の幼い好奇心である。

桜島の地を踏むと、もうそれだけで輝かしい冒険をやり遂げた気になって、すっかり満足感に酔ってしまい、溶岩どころか山にも登らず、遊歩道や海岸で一日遊びほうけていたのであった。時も忘れて遊び歩くうちにいつか日は暮れ、幼いユウはこの世が滅んでしまったかのような不安を覚えた。父母もいない――場所も定かではない――家が恋しい――家に帰りたい、そう涙をぽろぽろと流して泣きじゃくるのである。

幼いうちから知恵の回ったヨイチは、桜島港のフェリーで市内側の停泊所へ戻り、バスを乗り継げば、苦もなく家に着くだろうに、と軽く考えていただけだったが、袖をつかんで離さないユウに責任を感じた。彼女の笑顔を取り戻すこと、彼女を安心させること、それが幼いながらも強く求められたのを感じたのである。ヨイチは泣き続ける彼女を慰め、寄り添って元気づけ、夜道をともに歩き、無事に家まで送り届けたのだった。

そういう二人の思い出。

以後、ヨイチの前ではユウも生来の明るさで接するようになった。そればかりか、ヨイチの行くところには必ずついていくほど、信頼と慕情を厚くしたのである。

そんな彼女が、そばにいない。

今年は初めて、年末年始を一人で過ごした。毎年、晴れ着をまとったユウとその親類とともに霧島神宮へ初詣に行くのが恒例であったが、そのユウがひどい風邪をこじらせて、三が日は身も起こせないという有様だったのだ。

その遠因は自分にある——というヨイチの見立てだった。物憂い彼もまた、年末からなんとなく体がだるくて、頭も重く、何をするにも億劫で、一歩も家を出る気にはなれなかったのである。

年が明けてからも、ヨイチはユウと顔を合わせられなかった。

何をどう話し、どう謝ろう——そんなことを諄々《じゅんじゅん》と考えているうちに、新年の一か月は霜枯れを重ねて過ぎ去ってしまった。

その間、道場にさえ足を運べなかったヨイチだった。

以前から、ヨイチと反目し合っていた同級生の一部が聞こえよがしに彼の過誤をあげつらって笑いものにしていたから――というのもある。が、それはヨイチにとっていわば都合の良い逃げの口実に過ぎなかった。

道場へ顔を出せなかった本心。それは、シュテン先輩がユウに告白したという噂を耳にしたためであった。

誰に対しても優しいばかりでなく見目まで整っているユウが、すこぶる男前と一目置かれているシュテンへなんと返事をしたのか。道場の床に立てば、きっとそれを知ることになる。聞きたくない答えを知って傷つくことが、ヨイチは怖かった。

物事の頓挫《とんざ》というものが体ではなく心根にもとづくのだということを、彼は初めて知った。自分の心にヒビが入ってしまうとは思いもよらなかった。また、己の内に、こうも非力でみっともない一面が隠れていようとは、ヨイチ自身にも意外だった。どうしても精神を高揚させることができないのだ。目の前の鬱々とした謎に答えを求めながら、その回答を自分で忌避《きひ》しているという――矛盾する焦燥を抱えた日々だった。

二月も終わり、肌へ触れる風の温かさには春が潜んでいた。

卒業式を間近に控えた休日だ。

例によって遅く起き出したヨイチは、リビングで昼日中にもかかわらず酒を呷《あお》っている姉のミヤビに呼び止められた。

「飯、作ったる」

「これがとんと不思議なもんで、酔っぱらってた方が料理の腕がバフされるんだ、あたしは」

「酔っぱらってるのに？」

どういう風の吹きまわしか、へべれけのミヤビはそう言って、キッチンの人となった。

赤ら顔ながら包丁の動きは巧みだった。食材の準備もそこそこに、手早く調理していく。

テーブルに頬杖をついていたヨイチは肉汁の弾ける音を聞き、鼻腔の奥へツンと届く濃い匂いを嗅いだ。

「昔から好きだったろ。ニンニクたっぷりのスタミナ丼。あんた、中二ぐらいから、気取って食わなくなったけど」

笑って言う。ミヤビは白米の山となったどんぶりへ醤油ダレで焼いた豚肉を盛って、どんと出す。

「さ、お食べ。元気味を封印しておいた」

「起きたばかりに、こんなの食べたら胃もたれする」

「へーキへーキ、あんた若いから！」

「……半熟卵も欲しい」

「そんなものはねえ！　四の五の言わんと食えっ」

ヨイチはおとなしく箸をとった。一口食べても、寝起きの舌は醤油辛さを感じるだけで、ミヤビの言う元気味はまったく分からなかった。それでも黙々と食べ進めるのだ。

「ねえあんたさぁ」

その様子を眺めながら、ミヤビが口を開いた。

「彼女ちゃんとなんかあったん？」

「いや、べつに」

「べつにってこったないでしょ。今年に入ってから、一度もユウちゃんと帰ってきてないじゃん。何？　ケンカ？」

ずけずけと聞いてくる。ヨイチはことさらに冷静さを装いながら言った。

「ユウにはユウの都合があるってだけ」

ミヤビは傾けたワイングラス越しにニヤッと唇を歪めた。

「やっぱケンカしたんだ」

「してないって」

「いーや、したね、だって、ケンカしたことは違うって言わないじゃん」

「………」

思わず器を置いて、まじまじと姉の顔を見た。

「ほら！　ケンカしたんだ！　相談してみい！　私が解決に導いたる！」

そう言って、ゲラゲラと人の苦悩も知らず笑う。食べかけのどんぶりをその締まりのない面へぶつけてやろうかとも思ったが、ヨイチはそうする気も失せて、ポツリとつぶやいた。

「……泣かせたんだ、僕が」

「またぁ？　何年かに一回、あんたユウちゃん泣かせるよね。だいたいがあんたのデリカシーのなさが原因で！　前は、テレビのアイドルとユウちゃんを比べて、アイドルの方が痩せてるって言って泣かせたよね。ばーか」

ヨイチはムッとした目を姉へ向けた。そんなあっけらかんと返されては恥を忍んで言った甲斐もないし、あまりにぞんざいである。いらぬ過去話までオマケしてくるあたりも不快でならなかった。こんな泥酔者にものの分別などあるわけない、とヨイチは考え直した。

ミヤビは弟の不機嫌を肴に酒をあおりながら、ことさらに口端を吊り上げた。

「それで超へこんでんだ。昔からあんたって、人を怒らせるとなんでかあんたの方が大ショック受けて落ち込むよね」

「馬鹿にしてる？」

「怒らないでよぉ、これ、褒め言葉！　あんた、優しいからさ。相手を傷つけたことに傷ついてんだね、自分で」

「………………」

「あたしら家族はあんたのそういうとこ、カワイイなって思うよ？　マジマジ。ポメラニアンみたいで」

　ミヤビは片膝を椅子の上で抱え込んだ。

「まあでも、そんなふうにぐったりするぐらいなら、最初からケンカなんかしなきゃいいのに」

「したくてしたんじゃない」

「さくっと仲直りしろって」

「簡単に言うな」

　ミヤビはハッと鼻で笑った。

「勘違いすんな、もしかしてあんたのためだと思ってるわけぇ？」

「……？」

「あんたが謝れ！　そうすりゃ全部丸く収まる。それとも、ユウちゃんみたいな勝ちヒロインを負けヒロインにするつもりか？　許さんぞ！　男なら、女の誇りの一つぐらい守ってみろってんだ」

「――そうやって、男とか女とか言うの時代遅れだよ」

「あたしはレトロな人間でございい」

　ヨイチのぼやきを軽くかわすミヤビだった。

しかし、次の言葉は少し真剣みを含んで発せられた。

「あんたなんか、自分で思うほどたいそうな人間じゃないってこと。普通に馬鹿なんだから。泥臭くて熱いハート、隠すなぁ？」

自分の胸を叩く。やや支離滅裂なご高説に終着するのだ。隙があると見るや、何かにつけ説教をぶつ酔っぱらい特有の面倒臭さかともうんざりする一方、ヨイチは少し胸の苦しいうずきが消え去ったような気がした。

ミヤビはグラスの酒を一息に飲み干した。

「じゃあな、寝る。あ、おい、弟者、あと片付けよろしゅう」

上機嫌に言いつけて、腹を掻《か》きながらミヤビはリビングを出て行った。

ヨイチはテーブルの空き瓶や空き缶を見、次にキッチンを眺めた。

ニンニクの皮は剥きっぱなしで散らかり、油の浮いたフライパンと菜箸はシンクに放り出されている。使いきれずに余った豚肉がキッチンカウンターの上に取り残されていた。塩、コショウ、醤油などの調味料は蓋も閉めずに乱雑に置き去りにされている。

ヨイチはため息をこぼした。

境遇の違い

少なくとも。

年明けの日々と比べれば、ヨイチの気色はいくぶん持ち直してきた。

ミヤビが加えた激は決して無駄なものではなかったのである。酩酊した姉の忠告を浴び、固く凍りついていた心が解《ほぐ》された気がしたのは確かだ。思い悩んでいても仕方がないと、この頃ようやく考えられるようになってきた矢先のことでもある。

ユウとの事情は吹っ切れきれるほど軽いものとして扱えない――だが、一度そうしてみたい。そうしてみよう。一応、そんな自意識を受け入れられるまでにはヨイチも落ち着きを取り戻していた。

ユウに関する患い。自分の頑迷さ。それらをまっさらに一時捨て去って。

一つ悟ったのは、今ヨイチが真に求めているのは生やさしい慰めではないことだった。むしろそれとは真逆の性質を帯びたもの――萎《な》えた心を固く強く張りつめさせて赤々と燃やす燃料だった。身を焦がしかねないほど内から熱く膨らむ気宇《きう》だった。

想い人へのかかずらいは、日の経つごとに弓への信念に変わっていった。

顧みると、この二か月弱、一度たりとも弓に触れていない。

過去のヨイチには考えられないことだった。

弓に頓着《とんちゃく》し始めると、必ず脳裏にはカクヤが思い浮かぶ。すると、炎を背負ったかのように昂ったものが身を火照《ほて》らせてくるのだ。

自分の内から発するこの熱感。カクヤと弓のこととなると、溶けた鉄を流し込んだように血潮が熱くなる。

負けたから、こういう不可解な生理現象に襲われるのかとも思ったが、ヨイチは自分で否定した。勝負は時に思いがけない形となる。絶対的な勝ち負けなどは存在しない。つまるところ、勝った負けたの次元でカクヤと衝突しているのではないのだ。

幾重《いくえ》もの思考の層へ自分を沈めているうちに、彼はふと本心を垣間見た気がした。つまるところ、気に食わないのだ。ヤツとヤツの生き方が。なぜならそれは、自分のもっとも憧れている生き方なのだから。

自分が安んじてできること、他人よりも器用にできること、自分が優勢であると思えること、そういう状況でしか勝負できない――そんなふうにヨイチは自分で自分の生き方を断じてみる。見通せないこと、未知や不確定をヨイチは嫌った。

ヨイチの目から通して見れば、カクヤは正反対の男だった。常に自分の人生の突端に自分を置こうとする。こんな振る舞いを続けていればいつかは――という不安を厭わない。

その差に――厚みとも言える――ヨイチは引け目を感じていたのだ。

それがうっすら分かったのである。

「あらあらあら」

八坂実高校の正門を出て家路につきかけた時だった。ヨイチは後ろから追って来た声に振り向いた。

久光であった。

驚く以上に、こんな所で何をしているのか、という疑いは当たり前に持たれた。不審げに問う。

「何しにここへ？」

久光は柔和な笑みを浮かべた。

「いえね、ここ最近、カクヤくんの姿が我が校に見えなくなってしまいまして。もしや、と思いあなた方の道場を訪ねたのですけれど、いやはや無駄足でございました。とんと見当たらない」

自身の禿げ頭をぺちりと叩いて答えるのだ。

「それよりも、あなたは練習をしなくてもよいので？　道場の生徒らはずいぶん励んでいましたよ」

「先生、あなたには関係ないことです」

「そう邪険にしないでくださいな、ヨイチくん」

踵を返して立ち去ろうとするヨイチの隣へ久光は素早く並んだ。

「何か僕に用でも？　ヤツを見つけたいなら、山の住処《すみか》へ行けばいいのでは？」

「まあ、カクヤくんのことです。姿は見えずとも首尾よく立ち回っていることでしょう。それよりも、あなたをたまたま見かけたのには運命を感じます」

いきなり、ヨイチは袖を掴まれた。

「では、ついてきなさい」

「え？」

「ほら、行きますよ」

久光はそう言うと、逆方向の道へ彼を引っ張っていくのだ。その案外な力にヨイチは目を白黒させて、されるがままに従ってしまった。

しばらくののち、ヨイチはバスに揺られていた。久光は、隣からのん気にキャラメルを勧めてくる。それを受け取りながら尋ねた。

「どうして僕があなたのお供を？」

「女性から誘ったデートは断らない。それが男性のたしなみ、というものですよ。小粋なパリジェンヌ式です」

「純日本人でしょ、僕らは」

久光はくすくすと笑った。

「まあまあ、お暇なんでしょう？　付き合ってくださいな。それに、道すがら説教の一つも聞いてもらわねば」

「尼さんに説教される筋合いはないです」

突き放すように言ったが、ヨイチの心臓は一つドキリと跳ねていた。

久光はそれを見透かしている眼差しだった。

「と言いつつも、実のところ求めているのではないですか？　恋の説法――壊れた恋仲の直し方――男女のあのことこのこと、とかね」

「久光先生、それは……」

「ユウさんからご相談つかまつりましてね」

少しあぜんとするヨイチだった。

だが、よくよく考えてみれば、茶道家であるユウの家族は荘園や方丈で茶を点《た》てることも珍しくない。この奇妙な尼僧が、どこぞの尼寺で住職を務めているのかは判然としないが、茶の席経由でユウと再会していたとしても不思議ではなかった。

また、その際、僧侶という肩書きを持つ久光にユウが何がしかの悩みを相談したことも、容易に想像される。

久光はやや口調を改めた。

「さて、では申し付けるその第一声ですが……」

「………」

「これが困ったことに、とんと何も思い浮かばない。ああ、困った。というのも僧侶がもっとも苦慮するのが、男と女のご相談事でございまして、なんとも」

「全然役に立たない」

「面目ない話ですねぇ」

ほのぼのと返す久光だった。

「なので、ユウさんのお気持ち——彼女が私に告白した万感をあなたに包み隠さずお伝えしておきましょう。多少、あなたには心抉られるくだりもあるやもしれません」

ヨイチは身構えた。

「今、彼女の気持ちはあなたから遠く離れて消えかかっております。深い断絶、すれ違い、不満、悔い、恥を感じているそうです。涙ながらにケンカした経緯をおっしゃっていました。あらかた聞いた私はこう忠告しました。そんなクズでダメダメで意地っ張りな彼氏なら捨てちゃえ、って」

「そんな言い方、ないんじゃないですか」

「ユウさんにもまさに同じことを言われましたよ」

憤然とするヨイチを見もせず、久光は前を向いて続けた。

「で、未練があるのですか、とたずねると……彼女がなんと答えたか分かりますか」

「…………」

　ヨイチはとっさに答えを出せなかった。言ってほしい言葉と言われたくない言葉が喉元でせめぎ合ってふと詰まったのである。

「ユウさんもまさに同じように黙っておりました」

「ユウも……」

「つまり、あなた方は傍《はた》から見ればお似合いということですよ」

　ヨイチはまぶたの裏にあの時の――泣き濡れたユウの双眸を描いていた。

　彼が自責の念に駆られているのを久光は一瞥し、窓外へ目をはせた。

「見るに、単なるボタンの掛け違えというやつでしょう。今はただ、仲直りのきっかけ待ちといったところです。もし、天が微笑まれれば、悩める童貞と処女の仲は元鞘に戻り、逆にそっぽを向けば破局。そうならないように、頑張れ若人」

「――それ、ユウにも同じこと言ったんでしょ」

「バレた」

　ヨイチは額に手をやりたいような呆れと頼りなさを久光へ感じた。一杯食わされた気がしないでもない。

「……どこに行くんですか」

　急かされるままバスに乗り込んだことをヨイチは思い出した。バスは鹿児島市内を北上して、甲突川に架かった橋を越えたところだった。

「カクヤくんの家です」

「なら、このバスじゃないです。てんで別方向に向かってる」

ヨイチが訂正するのを、久光は首を振って再訂正した。

「いいえ、これでよいのです。向かっているのは、あの子の保護者が住まう一軒家です」

「保護者？」

「養母、というものですがね。カクヤくんだって、きちんとした自宅がないわけではありません。ふだんあの子が我が物顔で住みついている山庵は、義理の母親の所有している土地と物だそうで」

「ヤツの家族は……」

「存じております。お亡くなりになられてしまいました」

久光は深くうなずいた。それっきり、話す機を失ってしまったヨイチだった。

小一時間後、バスが停まったのは鹿児島市の北部だった。ヨイチは、歩き出した久光のあとに続いた。途中、コンビニに立ち寄り、どういうわけかたばこをたっぷり買い込んでいく。丸く膨らんだビニール袋を携え、久光はまた黙々と歩み出した。

目当ての家は、見るからにさびれていた。一軒家などと久光は話していたが、貧乏長屋と言い換えた方がいい、とヨイチは率直に思った。開発の進んだ住宅街の中にぽつんと建っているため貧相さが際立っている。赤さび色のプレハブ屋根で横に長い一階建てだ。すりガラスの引き戸を叩く。カーテンの垂らされた向こう側で物音がした。わずかに開いた戸の隙間からのぞいた目は暗く落ちくぼんでいる。

「何、あんた。またなの？　お坊さんって暇なんだ」

ぼさぼさの髪の下で老け込んだ顔を歪めて言う。黄色くくすんだ皮膚のせいで、三十代とも五十代とも見える中年女であった。着回しらしい部屋着は汚れている。首を伸ばして久光の背後に突っ立つヨイチに、不躾な視線をじろじろ向けていた。

久光は微笑みを浮かべた。

「カクヤくんを探しに参りました」

「いないってば」

「こちらには最近戻っていないので？」

「だからそう言ってるでしょ」

「前に戻られてからどのくらいになりますか？」

「はっ、覚えてないし、そんなこと。一か月ぐらい前じゃないの、たぶん」

終始苛ついたような物言いである。これ見よがしなため息をついてくる。

「もういい？　あんたやカクヤと違って私、暇じゃないんだけど？」

久光はなだめるような物腰を崩さない。

「ついでに線香を上げていっても？」

「読経に払う金なんかない」

「故人への弔いは気持ちです。金銭などはいりませんよ。お時間もとらせません」

手に提げたビニール袋を差し出した。

「それに、これを捧げようと思いまして」

女は、中身をちらりと見やると、澄ました目に物欲しげな光を灯らせた。

「……終わったら、さっさと帰ってよ。抹香臭《まっこう》いってウザいから」

戸が開く。

入って、ヨイチは少し後悔した。

重苦しい空気がこもっている二間続きの間取りだった。家主は、どうも居間と寝室に居住域を区分しているつもりのようだが、その境目が見えなくなるほど、床には洗い物や弁当の空き箱、コップ、カップ麺の容器、飲み干した酒の缶や瓶、雑誌、手紙類、化粧品、たばこの吸い殻などが雑然と捨てられている。

半透明のゴミ袋が五、六個、窓辺へ積み上げられていた。加えて、壁や天井はたばこの煙でまだらに黒ずみ、窓は黄ばんで曇っているものだから、部屋の中は薄暗かった。

カクヤの庵が醸す、炉の火に照らされた古さと汚れの中の奥ゆかしさや居心地の良さがあるわけではない。ここは正真正銘、自分の人生を閉じている独居者の不衛生な住まいだった。

久光は、さっさと寝室へ入ってしまった。どうもそちらに仏壇があるらしい。ヨイチは二の句も継げずに立ち尽くしている。その鼻先へ手のひらが差し出された。

「ねえ、あんたさァ、五百円持ってない？」

唐突に女がせびり出した。

ヨイチは目をしばたたかせた。

「え？」

「五百円。外の自販機で酒買いたいから。あんの？」

冗談ではない雰囲気だった。それだけに、ヨイチは軽蔑を持たざるを得なかった。

彼は首を横に振った。

「いや、持ってないです。自分、キャッシュレス派ですから」

「あっそ、つかえねー」

女はぼりぼり耳の裏を掻きながら椅子に座ると、たばこを吹かし始めた。

「あんた、高校生？」

黙っているヨイチの足の先から頭までを眺めて訊いてくる。

「はい」

「カクヤと何かやり合ったわけ」

「まあ」

「じゃあ、あんたも弓道部だ。そうでしょ」

黙ってうなずくと、女は眉のあたりに小馬鹿にしたような皺を寄せた。

「あいつ関連で来るガキはだいたいどこぞの弓道部ってヤツばっかりなんだよね。それに弓道部ってなんかパッとしない連中ばかりだからすぐ分かった。カクヤと同じ。あんたも用が済んだらさっさと帰ってよ、うっとうしいから」

言われるまでもないこと、とヨイチは思った。

久光の経を読む声が部屋に満ちた。女は、ムッとした面持ちで黙り込んでいるヨイチを見返した。

「弓やってんなら才能あんの?」

「……?」

いきなり踏み込んだことを聞いてくる。あるともないとも、本人には答えられない質問だった。が、女は返答などはなから求めていないらしい。

「時間の無駄だから、やめたら?」

などと、無才と決めつけてせせら笑ってくる。

「弓って才能だから。才能ないって分かってんなら、練習しても無駄だから。これ、アドバイスね――カクヤも高校なんか辞めてさっさと働けっつの。いつまでも遊んでないで、金ぐらい入れろよ、あのクズ」

憎々しげに愚痴るのだ。ヨイチの胸に辛抱たまらないものが膨らんだ。

「良い暮らしをしてるじゃないですか。お金なんか無心するほど苦しそうには見えませんけど？」

と、あえて部屋を意味ありげな目で見回して食ってかかった。

癇性《かんしょう》持ちらしい女は、薄い眉を吊り上げた。

「何？　バカにしてんの？　あんた、どこのガキよ」

「八坂実に通っています」

「ああ、あの金持ち高校。なんだ、世間知らずのお坊ちゃんか」

「そういうあなたも、山を持ってるぐらいだから、そう卑下なさるほどは……」

久光から教えられた情報を持ち出すと、女はケタケタとヨイチの無知を笑った。

「山ぁ？　あんなの、ただの盛り土だよ。一文にもなりゃあしない」

「でも、所有地なんでしょう？」

「やっぱり世間知らずの馬鹿だわ、あんた。使えない土地なんか誰も見向きもしやしないって、分からない？」

「…………」

思わずヨイチは閉口した。その通りだと納得した。

女は追い討ちに言い散らした。

「なんだっていいけどね、ケンカ売るなら相手見て売りな、ボク。それともカクヤをかばってやったわけ？」

唾でも吐きたいような顔なのである。

「あんな恩知らずにご苦労様」

「恩知らず」

「あいつが来てからうちはめちゃくちゃになった。せっかくごくつぶしの妹もろとも引き取ってやったのに、誰のおかげで高校に通えてると思ってんだか。私のために働かないなら、もうさっさと消えてほしいわ」

「お邪魔しました」

久光が声をかけた。

その一声を幸いに、ヨイチは会話を切り上げた。外へ出ると、屋内の陰気を吐き出すように深呼吸を繰り返す。

あとから出て来た久光とともに固く閉じられた引き戸を見つめた。

「悪く思わないであげてくださいな」

ヨイチの感情を察した久光の言だった。

「あの女性は心が弱いのです。なんの苦難もなく安きを得たいと思っている人間なのです。

今はもう博打と酒に溺れ、無為に歳をとった自分を嘆いている――もともとそういう気質のある人間だったことは否めませんが」

「でしょうね」

「一年ほど前まではそれほどひどくはなかったようです。ただ、連れ合いを失って、一人で生きていく自信が持てないのでしょう」

口に出す言葉は同情的に思えるものの、久光の目の底には突き放すような色が浮かんでいた。

ヨイチは壁でも蹴りつけていってやろうかと思ったが、光久が先を歩き出したのでやめておいた。

「僕をここに連れてきて、何をさせたかったんです？」

「もちろん、あなたにカクヤくんのことを知ってもらいたいと思いまして」

「どうしてそんな」

「彼にとってあなただけが壁となっているからです」

「壁？」

「そう。私は、あなたがカクヤくんの心を癒やしてくれるものと考えています」

「というと――？」

帰り道に夕暮れの影は伸びて来た。

歩道を進みながら、ヨイチが聞かされたのはカクヤの過去だった。

二年前に、カクヤは両親と慕《した》う者を失った。その両親もまた義理という話。カクヤの生みの親にあたる人間は行方知らずで、カクヤは生まれてすぐさま育児放棄され、孤児として、九歳頃まで施設暮らしを強いられていたという。

その境遇を不憫《ふびん》に思って、引き取ってくれた義父母――これは、カクヤにとって何者にも代えがたい存在だった。孤児の身では話に聞くばかりだった家族の愛や温かさを肌で感じさせてくれた男女であった。

そこに義両親の幼い実娘も加えての四人家族。

その団らんは、一件の交通事故で崩壊した。脇見運転の車がカクヤたちの乗る車に衝突したのである。

幸運かつ不幸なのは、カクヤだけが無事だったという点だ。義理の両親はなんの前触れもなく訪れた災いによって他界し、彼らの娘は片肺を損傷するほどの重体となった。

途方に暮れるカクヤと義妹をすくい上げたのが、先ほど訪れたあばら家の夫婦であったらしい。

ところが、その救いの裏には許しがたい企てが秘されていたのである。カクヤとカクヤの義妹を引き取ることで、新たな父母は助成金と事故保険金を得たのだ。借金を苦にしていた二人は保険金を返済に当てた。それにとどまらず、助成金もすぐ博打と酒と懶惰《らんだ》な暮らしによって使い果たしてしまった。義妹への医療費はいっさい残さずに。

むろん、そんな非道を選んでけろりとしている夫婦である。カクヤの抗議は嘲笑のもとに一蹴されたのだった。カクヤは大金を用意する必要に迫られた。

　前年の春先に、その養父はアルコール中毒による心不全で死亡。養母はそれをカクヤのせいだと逆恨みして、今なお溝があるという――そういう冷え切った家庭なのだそう。

「…………」

聞き終えて――久光がどうして僧侶らしからぬ冷酷な目を光らせていたのか、ヨイチはその理由を知った気がした。

バスを待つ。バス停のひさしの下には二人だけだった。

「私がカクヤくんと初めて会った時、彼の心は塞いでいました。今もそうです。僧侶は心の苦痛を受け止めることはできても浄化することはできない。それができる人間は本人か、本人が認めた者だけです。この場合はヨイチくん、あなたです」

「…………」

「カクヤくんはあなたと夏に相まみえるのを心から楽しみにしています。あなたのこととなると目の色を変えて、鍛錬に打ち込んでおりますよ。一日最低二百射は欠かさず行っています」

ふと、ヨイチは沈んだ顔をした。久光は淡々と続けた。

「というのに、当の競争相手であるあなたがそんなふにゃふにゃになっていては、お話になりません。真剣勝負にケチがつきます。私は、カクヤくんの努力を無駄にしないために、あなたを焚《た》きつけているのです。分かりますか」

「久光先生がヤツを大切に思っていることは分かりました。でも、いらないお節介だって思われるんじゃないですか」

「それはそうでしょう。しかし、私はお節介焼きをせずにいられない。カクヤくんには返しきれない恩があるのです。我が孫を暴漢から救ってくれたというね」

「…………」

「彼は自分が死ねば良かったと思っているのです」

吐息混じりの静かな口調だった。言わずにとどめておこうとこらえていたことを、久光はヨイチの存在によって、何か釣り出されたふうに話すのだった。

「彼は的を狙っているわけではないのです。彼が幾度となく射抜いているのは……」

終わりの言葉は、バスのエンジン音にかき消された。ヨイチは顔を上げた。空気の抜ける音とともにバスの扉が開いたところだった。久光に続いて、ヨイチも乗り込んだ。復路をたどるバスの中、ヨイチは物思いにふけった。

市内の中心へかかる前に、久光は先にバスを降りた。去り際にヨイチの腕へ優しく触れて、

「若い日のことごと、老いさらばえたこの身が言えるのは、やらない後悔もやった後悔も同じ後悔に違いないってこと。どっちをマシにするべきか、あなたはこれを考えればいいのです。どうせどちらにも差はないのですから」

と諭した。

素直に自宅へ帰ろうかどうしようか――バスを降りたヨイチの足は迷っていた。やがて靴はのろのろと帰路を踏んでいた。

人目にはただ黙然と歩く高校生としか見えない。しかしヨイチの頭の中では、知ったばかりのカクヤの素性や久光の言葉が、騒がしい旋風となって巡っていた。

カクヤの寄る辺なさを想う。久光は、その孤独を救いたいという。

悲壮な生い立ちである。頼りを持たないカクヤの心境などは、姉を持ち、親もいて、衣食住に困らない被扶養者の自分では到底理解できない。ヨイチはそう思う。

しかし――

一つ分かることはある。

カクヤは孤独であるが、浮き世を敵視するいじけた一人ぼっちではなかった。彼は単騎だった。

型破りで刹那的。ふらりと敵の道場に現れ、散々に騒ぎを起こして去っていく。あくまでも勝つこと、勝った印を得ることを第一目標と定め、それを達成するためなら卑怯奇策の類いも辞さない。堂々と勝ち名乗りを上げ、そうして得た戦利品で奥深い生活を立てている。それの土台となる腕は言うまでもなく一級品。


振り返って――

自分はどうか。

不遇を蹴散らすカクヤのような骨太さがあるか。カクヤの弓が持つ冴えを自分も持ち得るか。そこに尽きる。

結局、ヨイチの胸に残ったのは、カクヤへの哀れみでも憐憫《れんびん》でもなかった。むしろ、奮起してくるものがある。己より優れた者へ抱く競争心、いまだくすぶり続ける逆襲心、勝りたいと思う自尊心――すなわち闘魂だった。

自分の気持ちに自分でたずねてみる。どうしたいかを問うてみる。カクヤは自分と真剣勝負をするために、弓へ心身を捧げているという。

いてもたってもいられない衝動があった。

自宅へ指していた道は、八坂実高校の弓道場へと進路を変えていた。

それぞれの覚悟

「カクヤくん、見つけた！」

「む？」

カクヤは振り向いた。人々も耳をそばだてた。

ガヤガヤと老若男女が行き交う大学病院の受付ホールである。タマは自身のよく通る声が耳目《じもく》を集めているなどとは少しも考えず、

「やっぱりここだった！　まったくウチから逃げようなんてそうはいかないよ！」

と、冗談めかして言いながら、探し人のそばへ笑顔で駆け寄っていった。

カクヤは、ホールと病棟をつなぐ通路の前で、誰ぞ待ち人でもあるかのように黙然と佇んでいる。タマを迎えると、首を傾げた。

「タマちゃん、どうした」

「どうしたかじゃない！　連絡したのに、カクヤくん、ぜんぜん返してくれないじゃん。で、きっとここだって思って探しに来たの！」

「なんだか手間取らせたみたいだ。悪い」

カクヤが軽く頭を下げると、タマは甘えるように彼の手を握った。

「そんな、謝らないでよー！　連絡したのはいきなりだし！　それに、ここだってすぐピーンときたよ。ウチ、カクヤくんのことはなんでも分かるから！」

パチン、と威勢よく指を鳴らして誇るのだ。カクヤは感心した。

「すごい、タマちゃん。さすがだ」

「妹ちゃんのお見舞い？」

「うん」

「なら、ウチもごいっしょしたい！　売店でお菓子買ってこー！」

「いや、もう見舞いは終わってる」

「あれ？　そうなの？　じゃあ何して――」

「――お待たせしました」

カクヤの返答にタマが小首を傾げたところへ、違う少女の声が足早に近寄って来た。

小ぶりな風呂敷包みを手に持ったユウである。

何気なく声の主を見やったタマの顔は、とたんに凍りついた。

「え？　え？　え？　どういうこと？　え？　え？」

「あの、タマさん」

カクヤを見、ユウを見、またカクヤの顔を見、ユウを見て――落ち着きを失くしたタマだった。何やら著しい思い違いに瞳をどんより曇らせている。

「なんで、この子といっしょにいるの？　え？　おかしいじゃん。カクヤくん、なんで？　え？　え？　え？」

「タマさん、私は――」

「いやあああっ！　こんなの脳破壊じゃん！　寝取りじゃん！　ないごて！　ないごてぇええええ！　あああああああ！」

一人合点の早合点に癇癪《かんしゃく》を起こしてしまう。ユウの弁明には耳も貸さない。人目もはばからない大声に、カクヤは強風にでも叩きつけられたように、目を細めていた。

「タマちゃん、静かにしろ。どこだと思ってる」

とたしなめても、タマは激しいヤキモチで瞳を潤ませながら歯噛みした。

「じゃあ説明してっ！　いつ知り合って、なんでここにいるの！」

「去年の秋に連絡先を交換した。今日、ユウさんには力を貸してくれるようお願いした。だからここにいる」

「お願いって何！」

「無理を言って妹に茶を点ててもらっていた。外にも出られないし、やることと言えば勉強か、動画サイトを眺めるぐらいしかない。美味い茶と茶菓子を振る舞って、妹の無聊《ぶりょう》を吹き飛ばしてもらいたかった。ユウさんにはそれを頼んだ。タマちゃんを除け者にしようだなんて考えはいっさいない」

タマは頬を膨らまして聞いている。やがて、愕然と棒立ちになっているユウを鋭く見やった。

「ほんのこっな?」

「う、うん」

「なら許す!」

語気にまだ憤りは満ち満ちているが、ひとまず得心したらしい。ようやく周囲の視線に意識が回ったか、タマは、行こっ、と二人をともなってずんずんと出口へ歩き出した。

外へ出ると、カクヤはユウに向き直って、低く辞儀をした。

「ユウさん、時間を取ってくれて、ありがとうございました。感謝してる」

「そんな。妹さんのお口に合えば良かったんですけど」

「妹はあんまりものの感想を言わない。でも、楽しんでた。それは間違いない。ユウさんが茶を点ててくれてる間、ずっとウキウキした目だった。久しぶりに見た目だった」

「……そっか」

「家まで送る」

「そこまでは大丈夫です。まだお昼過ぎですし、一人で帰れます」

「なら、駅まで送ろう」

そう決めて、茶道具の入った風呂敷包みを代わりに持つカクヤだった。歩き出すと身の位置を車道側へずらしていく。

　すかさずタマが言った。

「ユウちゃん、勘違いしちゃだめだから。カクヤくんは誰にでも優しいだけだから。そんな顔して、カクヤくんとどうにかなろうなんてウチが許さないよ」

　タマはペチペチとなでるようにユウの腕をはたく。威嚇するように睨む。それを、ユウはハハハと乾いた愛想笑いでかわした。

「だけど、ヨイチくんには優しくないですよね……」

　ためらいがちに、しかし言わずにはいられないユウの顔だった。悲しみとも、憤りとも取れる眼差しを、カクヤに向けるのだ。

　カクヤは軽くうなずいた。

「腕の立つ男だからな。あんな強い弓取りに優しくしてたら勝てる勝負も勝てなくなる」

「強い？」

　ユウは意表を突かれたように繰り返した。

「うん。だから手は抜けない。俺だって、勝負となったら勝ちたい、絶対」

「カクヤくん、意地っ張り！」

「そう。俺は意地っ張り」

　カクヤは、タマが横からからかってくるのを、むしろ嬉しげに受け入れた。

そこで、ふと思い起こされたことでもあったらしく、彼は二人を見比べた。

「そうだ。ユウさんにも相談した。タマちゃんにも相談しようと思ってたことがある」

「何ー？」

「向こうの指導者——アスカ顧問って人から、俺を雇いたいって話があった」

「え！」

タマは目を丸くした。もちろん、判然としない面持ちだった。

「その顧問さんって、おばあちゃんのライバルでしょ？　八坂実の弓道部の」

「会って話したら、そんな感じだった。師匠とは正反対の人っぽい。すごい貫禄で、どえらい怖い」

「雇うだなんて、なんでそんな」

カクヤは肩をすくめた。

「選手層の強化をはかりたいらしい。『頼りにしてたヤツが使い物にならないかもしれないから、その代わり』だと」

「…………」

カクヤはさらりとした口調だが、それをそばで聞くユウは暗然としていた。眉には憂《うれ》いが濃く漂っている。

それはタマも同じだった。

「行かないよね？　カクヤくんはウチの弓道部だよね？」

「当たり前だろ。すぐ断った。それにあっちへ行ったら、夏にアイツと立ち合えなくなる」

ホッとするタマとは裏腹に、ユウはいっそう表情を苦しくさせた。

「やっぱり、ヨイチくんと戦いますか？」

「ああ」

「あの、お願いがあるんですけど、カクヤくん。夏の試合で、ヨイチくんに――」

「アイツを見くびってるのか？」

最後まで言わせず――というよりもそれ以上先を聞きたくないようにカクヤはユウの願いを突っぱねた。

こわ張った相手の語気に、ユウは自分の不義を直感した。

「そんなつもりは――ごめんなさい」

駅舎が見えてくるまで、しばしカクヤは口を閉ざしていた。駅の改札前でタマとともに立ち止まると、柔らかさを取り戻した声をかける。

「ユウさんはやっぱり優しいなぁ。心配してるんだ、アイツを」

「……………」

「だけど、それだけはな。なかなか俺にもできない」

カクヤは腕に抱えていた風呂敷包みをユウの手に返した。

「何せ弓は才能だから。才能のない人間はいつか絶対に潰れる。潰れていく連中に用なんかない」

きっぱりと言うのだ。

「でもアイツは違う。俺はそんな気がしてる。だから俺は勝つつもりでいる」

カクヤの炯々《けいけい》とし始めた目は、火炎を宿すとんぼ玉のようだった。続いた言葉もさることながら、カクヤの、ユウはその瞳になぜか勇気づけられた。

深々と礼をしてユウは立ち去った。彼女の後ろ姿が見えなくなると、カクヤはタマへたずねた。

「師匠に言われたんだろ？　俺を探してこいって」

「うん」

「じゃあ、道場に戻ろう。アイツから一本取るには、一日千射は必要になってくる。稽古をつけてもらわなきゃな」


「一日千射？」

その日は、ギョウブたち三年生の卒業式だった。式が終わるや、ヨイチは無礼を承知でアスカ顧問を茶道室へ呼び出した。

どんな顔で頼めばいいのか。直前までヨイチには判然としなかった。退部を勧められた手前なのだ。その問題も、決心できずうやむやにしたまま放っておいた自分である。顧問の身となれば、どのツラ下げて――と小癪に思っているだろう。すげなく断られても仕方はない、という覚悟のもと願い出た面談だったが、ある決断を通すためには果たさなければならないものとヨイチは信念していた。

顧問は、ヨイチの嘆願に気難しい目を返す。

「この春中にか」

「はい」

「無理に決まっているだろう。並の射手で、百射こなすのに二時間はかかる。千射となれば二十時間。現実的ではない。また、過剰な鍛錬は肉体を壊す。肩の亜脱臼、関節部の腫れ、靭帯の損傷、筋肉の麻痺。一日千射などまともな行《ぎょう》とは言えない」

受ける受けないはまず置いておいて、ヨイチの意見をこう切り捨てるのである。

ヨイチとしては、つまり弓の腕を磨こうという主旨だった。カクヤに勝つ、カクヤを膝《しっ》下《か》へ引きずり下ろす、それをなすために必要な鍛錬はこれしかあるまいと絞り出した結論なのだ。

また、自分の腕を一段高めようと考えた時、これまでの鬱屈をたたき割るような思い切った勉励は必須だとも、強く望んだ。

そうでなくとも、百日近く弓から離れていたのだ——ヨイチは食い下がった。

「お願いします。顧問の力を貸してください。どんな苦痛も厭いません。命じられた修練は必ずこなしてみせます」

「弓を置いてどれほど経つ？　君の腕は錆びついた。衰えた弓の腕を戻すのは、新たに鍛えるよりも難しい。時間の無駄だ。前にも言ったが、腑抜けに付き合ってはいられない」

ヨイチは手をついて平伏した。自然とそうしていた。

「心を入れ替えます、どうかやり直す機会をください」

「見苦しい、やめろ」

「どれだけ見苦しくても、僕はヤツに勝る自分になりたい。あの竹弓を取り返してそれを証明してみせます」

ヨイチは頭も上げずにじっと畳の目を見つめていた。アスカ顧問は考え込むように眉根を寄せていたが、しばらくして口を開いた。

「その入れ替えた心とやらに、一日千射とまで口にした性根に誓えるか。今の言葉」

ヨイチは拳を握った。はっきりと応えた。

「誓います。顧問の——八坂実の弓道部の名誉を損なう真似は二度としません」

「君はいつも簡単に言う」

アスカ顧問の声色は変わらず冷たかった。ヨイチの誠実な宣誓などは真に受けていない眼差しだった。

　頭を上げろ、とまずヨイチを許したあと、

「いつまでも神棚に空きがあるのは好ましくない。それは確かだ。しかし、春休みの間、君の面倒ばかりを見ているわけにもいかん。道場には、少なくとも気概の上では君よりも優れている一年と二年もいる。そういう連中をないがしろにはできん。分かるな？」

「……はい」

「そこで、君に授ける修行は、ここの道場では行わない」

「……？」

「ついてこい」

　彼女は組んでいた腕を解いて立ち上がった。不審そうなヨイチを見下ろし、告げた。

「出稽古だ」

弓始め

　アスカ顧問に連れられて、ヨイチは今しがた鳥居をくぐった。自然石の石畳がガタついている道を踏んで、二人は広い境内へと入って行った。

市内から少し外れた古寺だ。現場に着いても、アスカ顧問は多くを語らず勝手知ったる足取りで、寺の裏手へヨイチを導いていく。

「あ？」

離れと本堂をつなぐすのこ敷きの渡り廊下を横切ると、ヨイチは見張った目をそこらへ泳がせた。

正面から見ただけでは寺の外観で隠れて見えなかったが、くぬぎ林に囲まれた弓道場が広々と現れたのである。

ヨイチとアスカ顧問が出たのは、矢取り小屋へ続く小道の上だった。射場へ視線をやると、その床に立っていた人々も見返してきて、

「おう」

と声を上げている。

十人前後のお坊さんだった。春の陽光に丸めた頭が光っていた。

アスカ顧問は腰を折って屯《たむろ》している人々へ一礼した。ヨイチもそれに倣う。

一人座していた年配の僧侶が、末輩らしい者へ何か言いつけていた。すぐに、アスカ顧問とヨイチの元へ、その若い僧は走ってきて、丁重に辞儀すると、二人を寺の内へ案内するのだ。

柱の太い八畳ほどの和室へ通された。

間もなく、茶汲み人を従えた墨袈裟《すみけさ》の法師が部屋に入って来た。アスカ顧問と同じ六十歳前後の男性で、背筋がピンと伸び、背が高い。白い眉尻がキリッと上《と》向きに伸びていた。机を挟んでヨイチたちの対面に座ると、アスカ顧問は先に礼儀を執った。

「ご無沙汰しています、先輩」

「久しぶりだね、アスカちゃん」

微笑んで、鷹揚《おうよう》にあいさつを受けるのだ。ヨイチは、アスカ顧問が下手に出る様子に驚くよりも戸惑っていた。自分も同じようにすべきかどうかとっさに決めかねてしまった。茶を用意すると、従者は音もなく部屋を去った。その間にも二人の大人は、世間話に興じている。

「三年ぶりかな」

「そうなりますね」

「元気にやってるかい」

「ぼちぼちです。先輩の方は？」

「いやぁ、この間健康診断でお医者に怒られちゃってね。糖尿の気があるとかなんとか。やっぱりジャムをそのまま食べていたのがまずかったみたい」

「まだそんな偏食を続けていたのですか」

「好物だからねぇ。止められない、止まらない。また、アスカちゃんの作った柿のジャムが食べたいな」

「考えておきます」

肩を揺らして法師は笑った。

「で、今日来た理由は——その子？」

それから、ヨイチを不意に見やるのだ。

じっと、押し黙っていたヨイチは、ギクリと居ずまいを正した。自分を包んだ眼差しに得体の知れない戦慄を感じたためだった。だが、その悪寒はすぐに幻のように溶けてなくなってしまう。

「はい」

アスカ顧問はうなずいて、頭を低く下げた。

「突然の来訪、お許しください」

「かまへんよ。ちょうど部屋も空いてるからね。いつまでも好きに使ったらいい」

「では」

「うん」

短いやり取りのうちに、伝え合ったものはしかとあったらしい。アスカ顧問はなよやかに立ち上がった。かたわらのヨイチを見下ろし、その手に千円札を握らせる。

「明日から君はここで励め。先輩の命じられたことに逆らうな。帰りはバスを使え」

そう言いつけて、本当に帰って行ってしまった。

二人きりだ。眼前の僧侶は、訳も分からぬまま固まっているヨイチへにこりと笑った。

「まあ、まずは一服」

と、客用の磁器に注《つ》がれたほうじ茶を勧めてくる。自身は、袂から取り出した雑多な菓子を丈夫な歯でむしゃむしゃ食べ始めた。

「君もいる？」

「いえ」

「そうかぁ。欲しくなったら言って。いつでもあげる」

ヨイチはあいまいにうなずいた。アスカ顧問は出稽古と言っていた。ゆえに、てっきりあの林内の弓道場に立たされるものと考えていたが、そのアスカ顧問はさっさと姿を消してしまうし、向かい合っているお坊さんは駄菓子へ夢中になっている。何か出鼻をくじかれたような思いだった。こちらから話を切り出そうかと悩んでいると、

「アスカちゃんがね、ここに君みたいな生徒を連れてくる理由は分かってる」

いったん言葉を切って茶を含む。

「君は一人前になりたいんだ。そうでしょ」

いきなり核心を言い当ててきた。ヨイチは思わず身を乗り出していた。

「おっしゃる通りです。自分は稽古に参りました。どうか、よろしくお願いいたします」

膝の上へ置いた拳に胸がつくほど腰を曲げて、心の有り様を全身で現す。

「若い者がそうペコペコするものじゃないよ。面をお上げ」

言われた通りにするヨイチへ、僧侶は続けた。

「この寺を預かります、僕は八代目安福《あんぷく》と申します。どうぞ、よろしく。君の名前を教えてもらっても？」

「湊ヨイチといいます」

「ありがとう、ヨイチくん。さて、さっそくだけど、はっきり言っておくからよく聞いて。ここでは、僕が規範であり、僕がこうせよと告げたことはたとえ片方の腕がもげてもこなしてもらう。ここにいる諸先輩方は名前のあとに氏を付けて、僕のことは師範とお呼び」

安福師範は穏やかな表情だった。それだけに、彼の紡ぐ言葉は重かった。

「ヨイチくん、君はここがどういう場所か分かっているかな？」

「アスカ顧問には詳しく教えてはいただいていません。ただ弓について深く学べる場所とは察しています」

「ご明察。ここはね、そのアスカちゃんが学び、幾人もの先人達人が学んだ弓寺、安福寺です。ここへ君を監禁する」

急に物物しくなった安福師範の語尾だった。

ヨイチは狼狽え、目をしばたたかせた。

その様子を眺めて、安福師範はコロコロと笑った。

「ま、キツく言うならそういうこと。僕は君にそれを強いるよ？　泣いても喚いても、親元に返さない。家が燃えようと恋人が死のうと、天地がひっくり返って鹿児島が海の藻屑となろうとも、君には僕の指示した修練をきっちりこなしてもらう。いいね？」

「…………」

　この容赦のなさはアスカ顧問の系譜に違いない、とヨイチは内心おののいた。

「君が先ほど道場で見た修行者たち。彼らは津々浦々からここへ集ったその道の豪の者でね。君が末席に加わったと知れば、激しく憎むだろうけど、それも我慢してもらうよ」

「え？」

「不思議がることじゃないさ。彼らは、道を極めるために人生を捧げている。人生を捧げるってのは、あらゆる享楽――女、豊かな暮らし、友人、仕事、金、その他ほぼすべてを犠牲にしてるってこと。この寺にたどり着くまでにも、多くの同胞を蹴倒して、骨身を削って自分の技を磨いてきたんだ。たとえ短い期間であろうとも、アスカちゃんの温情であっさり鳥居をくぐってきた君とは年季が違う。彼らは自分よりも上手くなろうとする者を嫌うし、そういう感情がもつれた結果、君がどんな扱いを受けるか、僕は分からない」

「師範」

「なんでしょう」

「覚悟の上です。僕は友達を作りに来たんじゃありません」

「素晴らしい、男気ある言葉。——さて、では脅すのはここまで。今日はぐるりと寺内を巡ってからお帰り。明朝九時、本堂の伽藍《がらん》でまた会おうじゃない」

言って、立ちかけたところをヨイチは引き留めた。

「あの、ここにカクヤっていう名前の、僕と同世代ぐらいの男がいませんか？」

「カクヤ？」

安福師範は目を細めた。

もしやヤツもいるのでは、となんの根拠もなく思ったヨイチであった。さらに年格好をこまかく伝えると、師範は首を振った。

「そんな風体の子は見かけませんね。君の二個上の男子なら、つい一か月ほど前に寺務所勤めの小僧として雇いましたが、はて、名前はなんだったか」

考えてはいるがなかなか思い出せそうにないようだった。ヨイチは頭を下げてその労を謝した。

「それじゃあ明日からみっちり頑張っていこうじゃない。ヨイチくん」

要は、弓道合宿である。

まともな合宿と違うところは、場所が寺院であることと、周囲の人間が全員敵であることだった。

　安福寺へ寄宿を始めたその一日目に、ヨイチはそれを思い知った。

　ヨイチは自身の弓と矢を携え、時間通りに安福寺本堂へ立ったが、出迎えたのは安福師範ではなかった。

　ぞろぞろと連れだって、この弓寺の先住者たちが出て来たのである。全員、無言の敵意をヨイチへ射向けている。まさに射向ける――そう言っても過言ではない鋭い視線だった。

「わいけ。ヨイチってガキは」

「はい」

　筆頭格らしい目の大きい、痩せた男が声をかけてきた。刺々しい口ぶりだった。

「よお、ムカイ氏。こりゃまた細っけヤツが来たもんじゃど。ついに安福寺は託児所も兼ねっことになったってわけじゃ」

　その相方と思わしき肥えた男が、かたわらから嗤った。

　周囲の僧侶は腕を組んだり、険悪に目を眇めたり、各々ヨイチを観察しながら、鼻を鳴らしている。

「ヨイチくんよ。ここはわいみてな俗物が来るっところじゃねえんだぜ？　荷ほどきすっ前で良かったな、さっさと帰り」

　手をひらひらと振って突っかかってくる。ヨイチの色をなした目に、ムカイは憎々しげな眼光を閃《ひらめ》き返した。

「気に入らんな。――カトウ氏、お客は外までお運びしてもらおごたっげな。手伝うてやれや」

「あいよ」

肉のついた短い指がヨイチの肩をつかみかかった。と思いきや、ヨイチの拳がそれを強く打ちのける。

「僕は客じゃない。弓の修練に来た。そろいもそろって邪魔なんだけど？　さっさと道を開けてくれる？」

「………」

未成年の未熟者と軽視していた相手に、思わぬ嘲弄《ちょうろう》を放たれたのである。僧侶たちの白い面は、隠しきれぬ怒気を隠そうとしてかえって無表情となった。

しばし睨み合ったのちである。

「――おう、ならそん腕前をお晒《さら》し願おうじゃねえか。なあ、みんな」

ムカイの呼びかけだった。

「間違いねえやな。口先ほど腕が達者か、楽しみだ」

「さぞや、さまになっちょっことじゃろうぜ」

と同調して、奥へ戻っていくのである。ムカイとカトウは何か目配せをしたあと、ヨイチへ顎をしゃくった。

「来えや」

擬宝珠《ぎぼし》付きの手すりがある広い縁を渡った。弓道場は黒樫の引き戸の向こうに待ち構えていた。床ばかりか、壁、高い天井に至るまで艶が出るほど磨かれていて道場に立つ者たちの真心が見て取れた。

それほどの尊敬を道場に向けるムカイたちだが、新参者には決して甘い素振りは見せない。弓を腰へあてがって射位にすり足を進めていくヨイチを怖ろしげな顔で眺めているのだ。

「皆中ぐれえ、出してみぃや」

ムカイの低い声が控えの座から飛ぶ。その茶化しに苛立ちを募《つの》らせるよりも、ヨイチは久方ぶりに握る弓柄《ゆづか》の案外な持ち重りへ驚きを覚えていた。

同時に、無駄にした月日が悔やまれてくる。

一本目――それは射込んだ瞬間に駄目だと自覚できた。

矢は的の縁からやや下方向に沈んでしまったのである。安土にかろうじて届いている様子だった。会から離れまでの間に、十分な引き絞りを弦へ与えられなかったのだ。

乙矢に取りかかったヨイチだが、打ち起こしに移行する暇もなく、怒鳴り声が響いた。

「おい、なんじゃ、そん胴づくりは。腰なんか突き出しっせぇ、カマでも掘ってもれぇてえんけ？」

ゲラゲラと衆人たちから嘲笑があふれてくる。怒鳴り返してやろうか、と思ったヨイチだが、新人いびりなどはどの界隈も当たり前にある。唇を結んで堪えていた。

ところが、それは突然だった。

「下手クソ」

耳にムカイの声が届いた瞬間である。ヨイチは背中を蹴りつけられていた。なんの身構えもしていないところを襲った不意打ちだった。前にのめったヨイチは弓と矢を思わず放り出して倒れ込んでいた。

「何を――」

そこから先の抗議は不明瞭にくぐもった。力任せに頭を踏みつけられたのだ。ヨイチは、大人たちが息を合わせて自分を抑えつけてきたのを知った。

「ムカイ氏、やっけ？」

「ああ、へし折ってやる」

というカトウとムカイのやり取りだった。ヨイチの右腕が横に伸ばされた。激しくもがくヨイチは、ムカイの手に太い座禅棒が握られているのを見た。それをどこへ打ち据えるつもりなのか――ヨイチは叫ぼうとしたが、喉をつかまれ、口を塞がれ、声も出ない。

「てめえがおっとな、射場が一つ潰れちまうで。てめぇんためにおいたちが割を食うたぁ許さん。悪う思うなじゃ」

　ムカイは凶器を振り上げた。

　次に響いたのは、ギャッという苦鳴と硬い物が肉を打つ痛々しい音、それから幾名かの駆け込んでくる足音だった。

　ヨイチはとっさにつむった目を開いた。右手は無事だ。それどころか、自分を縛《いまし》めていた手という手が、自分を離れて恐れをなしたかのようにあとずさっている。

「ケンカなら、俺が相手してやるっ」

　道場いっぱいに膨れ上がった怒号だ。ヨイチはその声を耳に知っている。ハッと目を上げた先に、彼はギョウブの気色ばんだ横顔を見た。

　ギョウブばかりではない。

　ヨイチを守るように立ちはだかったのはシュテン、オロチ、ギョクト——八坂実高校の先輩たちだった。

　どうしてここに、なんで、どうやって、いつのまに——種々な疑問がヨイチの脳裏を駆け巡ったが、それを口にするより早く道場の空気が震えた。

「なんじゃっ」

　ムカイの大音声である。彼は耳もとを抑えていた。指の間から血が滴っている。見れば、ギョウブの手には赤く染まったばちが握られていた。

「…………」

答えず、ギョウブたちはじろっと相手を見つめた。

黙って睨み合った両者の間に戦意は凝縮されて渦巻いた。次には、大喧噪の乱闘が巻き起こってもおかしくない静けさだった。

鼻息も荒くムカイが怒罵《どば》を吐き出そうとしたその時だった。

「……！」

大太鼓のすさまじい鳴りが全員の神経にこだました。ビクッと醒めた瞳が一か所に集まった。

安福師範が太鼓のかたわらにばちを置いていた。

「自由練習」

そう口を切ったのである。ムカイたちは雷でも食らったように青ざめた顔をすると、各々弓を取って的前に立ち始めた。

「ヨイチくん、こちらへ」

平然と安福師範は手招きしている。ギョウブらに助け起こされたヨイチは、さっさと歩き出している師範の背に小走りでついていった。

案内されたのは五畳程度の小部屋である。ここがヨイチの部屋だという。本堂へ残していった荷もすでに運び込まれていた。

安福師範は、先ほどの出来事など意にも介していないらしい。平然とした面持ちだった。

「用意が済んだら道場へ。君が使える射場は、的正面に向かってもっとも左の位置にしている。空けておくよう伝えてあるから、間違えないようにね。じゃ、よろしく」

すたすたと部屋から出て行ってしまう。

入れ替わりに、ギョウブたちが入ってきた。

ヨイチは、まだ興奮冷めやらぬ心持ちのまま、彼らを見やった。

「先輩たち——なんで、こんな所に？」

「おいおい」

ギョウブがにやっと笑った。

「久しぶりに会ってそれか？　つーか、危なかところを助けたんじゃ。たまにゃお前からあいがとん言葉も聞いてみたいもんじゃわ」

ヨイチは黙っていた。ギョウブは肩をすくめてみせる。

「分かった分かった、そう怒った顔すんな。シュテンが教えてくれたんだよ」

「シュテン先輩？」

相手をまじまじと見やるヨイチの双眸は、少したじろいでいた。

微笑みかけてくるシュテンの風貌が様変わりしていたからだ。

頭をすっかり丸め、服装も紺色の作務衣《さむえ》を着ている。

「びっくりしたか？」

とたずねてくる本人に、ヨイチはうなずくしかなかった。

「少し前からここでバイトさせてもらってる。安福さんが俺の雇い主じゃ」

「あっ？」

ヨイチには思い当たる記憶があった。

「じゃあ、寺務所で働いてるっていう二個上の男子は……」

「そう、それが俺じゃな。職場にはほかに爺さんが二人おるだけじゃって、二十歳以下は俺だけ」

奇遇である。話を聞くにつけ、ますますそう思わなくもないヨイチだった。

シュテンが安福寺で小僧見習いとして働くことを知ったギョウブたちは、仲間のよしみでそれに幾日か付き合ったらしい。弓寺などという物珍しさもそこにはあった。

髪まで剃り落としたシュテンと違って、軽い小銭稼ぐらいにしか考えていなかったもののの、安福寺の荒々しい実情にはひどく困惑もしたし、尻込みもしたという。

寺務所で働く者が裏の道場と接する機会はないと明言されていたが、シュテン以外の者は早々に退職を願い出てしまった。

「ここは道場っていうよりも、刑務所に近い。さっきん連中も、見てくれは坊さんじゃっども、中身はそげんぬるい連中じゃねえ。自分のためなら、なんだってするんじゃ。俺の働いたたった五日ん間に二人もぼこぼこにされて追い出されちょった。やばすぎだろ」

「昨日、お前がアスカ顧問に連れられて入ってきたとを見たんじゃ。で、ちょっと心配になった。まさか、本当にここで特訓すっとはな」

ギョウブたちは、シュテンから火急の報せを受けて駆け付けてきたという次第だった。

その判断はヨイチを救ったことになる。少なくとも、射手にとって生命よりも大事な腕は害されずに済んだ。

経緯を黙って聞いていたヨイチだったが、彼の内にはまだ疑惑が残っている。

「先輩たちがいる理由は分かりました。でも、どうして僕を助けてくれたんですか？　僕は、可愛げのある後輩じゃなかったでしょ。見捨てられても文句は言えません。肩入れしてくれる理由は？」

「あそこで助けないヤツがいるとは思えんが」

「いろいろ扱いづらくもあったでしょうに」

「そりゃあ、お前……」

ふと、ギョウブは二の句が告げられなくなったようにうつむいた。シュテンたちは目を見交わした。次いで、その肩をとんと叩くのだ。ヨイチが不審そうに言葉を待っていると、ギョウブは男らしい眉の太い面に迫るような熱い血相を湛えて――

「俺、お前のことが好きなんじゃ！　男として！　じゃって、助けたかった！」

と告白した。

あんぐりと、ヨイチは口を開いた。

息継ぎするように彼の喉は何度も生唾を呑んだ。

「ご、ごめんなさい……」

やがて頭を下げる。

出し抜けなうえ、突拍子もない。これまでそんな気ぶりも示していなかったはず——と鈍感なヨイチは思う。ギョウブの真剣な表情に、ヨイチの度肝《どぎも》はしこたま抜かれていた。

「……そっか」

ギョウブはギョウブで、返事を聞いたあとは寂しげな笑みを浮かべ、うつむいた。失恋の苦しみを味わっている男の落胆を、ヨイチは呆けた顔で見つめていた。

「そうがっかりすんな」

オロチがギョウブを慰めた。

「世の中にゃ、ヨイチのほかにもいろんなヤツがいる。そいつらと出会える喜びを手に入れたって——そう思えばいいんじゃわ」

「……だな！」

とは同意していても、やはりどこか悲哀な感は抜けきれない。しかしギョウブは、少なくともさっぱりと自分の気持ちに一区切りをつけようという声色だった。

「ヨイチよ、今日から俺たちはお前のガードマンじゃ。連中にゃ、指一本触れさせんぜ。安心して練習しぃ」

意気込みを語る。鼻白むヨイチにさらに続けた。

「もとはと言えばじゃ。俺があんなヤツと騒動を起こしたとが原因。そいでお前がつまずいたっていうか、調子悪うしちょっなんて、こげん後味ん悪かことはねえ。じゃっでよ、お前のために、俺は動きてえ」

シュテンが引き継いだ。

「先に言っとく、百パーセントお前のためじゃ。お前は俺たちより弓に愛されてる。そんなヤツがもっと高みを目指してるってなりゃ、部の先輩として応援の一つもしとうなっじゃろ」

俺たちはお前の腕に惚れてんだ――意を合わせて、ギョウブたちはうなずいてみせる。

ヨイチは照れくさいものに囚われた。

返す言葉さえ即座に浮かんでこない。だが、その顔に頑なさはなかった。

ただ嬉しいようなこそばゆいような心持ちのまま、彼は素直にうなずいていた。

「……ありがとうございます。しばらくの間、先輩たちに甘えさせていただきます」

春期休暇の間、一日千射を自らに命じた。

むろん、それはあくまで目標値――アスカ顧問が苦言した通り、現実的ではないと言い出したヨイチすら思う。

しかし、こなしてみせようとも彼は考える。

それぐらいの負荷がなくして、どうしてヤツの上には這い上がれるものか。

ヨイチは自分がカクヤよりも恵まれているとはっきり言える。生まれも育ちも境遇も、ヤツと比べた時、自分が豊かであると認められる。

なのに、ヤツを上回れないことがある――それも、自分がもっとも得意と信じている道で。

ヨイチにはそれが我慢ならない。

もし次の立ち合いでカクヤに勝つことができるなら。

そのためなら、どんな鍛錬も突破してみせる。そういう気ぶりだった。

射場に出たヨイチに安福師範は間髪入れず促した。

「さあ、では始めて」

自身は本座に下がって見守る。

ヨイチは、安福師範の視線を感じながら行射を開始した。

――それから十五時間。

実に、休みなくヨイチは弓を引き続けた。

日が暮れて、かがり火が射場と矢道と的場に燃えたっても、ヨイチは休まなかった。というより休めなかった。安福師範の鈍く輝く眼差しが、ヨイチの心にそれをためらわせたからである。

意思に反して、悲鳴を上げていた。

だが、体は違う。

「いかがされたか？」

安福師範が声をかけた。とうとうヨイチが弓を下ろして震える指を見ているところへ、言葉を重ねてくる。

「まだ七七二射。千射までは遠いと思うんだけど」

「腕が上がりません」

「ふぅん」

ヨイチのつぶやきに安福師範は軽く鼻を鳴らした。

「君の味方はちゃんと今も君のために時間を使ってるのに、やめるんだ」

ちらりと閉め切られた引き戸へ目をやる。その裏にはギョウブたちが寝ずの番で見張りに立っていた。彼らが道場内に姿を見せていないのは、ヨイチが安んじて弓に打ち込めるようにとの配慮と、邪念を抱いた者たちに対する警戒だった。一方で、護衛にばかりかまけているのではない。ヨイチが射込んだ矢の矢取り、的の張り替え、安土の整備、弦の用意など身を粉《こ》にしてヨイチを支えてくれているのだった。

「…………」

奥歯を噛みしめて、ヨイチは矢立てに近寄った。安福師範は腕を組んだ。

「やめるんじゃないの？」

「……まだ続けます」

「じゃあ、どうぞ」

さすがに、そこから先は休み休みの修練であった。結局、千射目は夜も白々と明けてきた頃に射終えたのである。

ヨイチはへたり込んだ。

彼の二の腕は痙攣を繰り返し、肘や手首、首などの関節部は凝《こ》り固まっていた。一昼夜を通して踏ん張っていた下半身の筋肉にも、岩のように固い張りが生じている。

「千射中、皆中は五〇回、三射命中は八五回、二射命中は一一一回、一射命中は一〇二回、誤射は二二一回。ぼろぼろだね。明日は――聞いてるかな？」

「…………」

「お疲れのご様子で？」

「普通は、へとへとになります」

「そうなんだ。僕は三日三晩寝ずにやったことがあるけど、普通は疲れちゃうもんなんだ」

「…………」

「じゃあ、明日は――といっても今日だけど――朝の九時から始めよう。あと三、四時間後かな？　それまで十分休養を取るように。体を清めたいなら、この道場の横手に井戸があるからそこで浴びて。食事は、部屋に運んであるから食べちゃってよ。器は廊下に出しといてくれればそれでいいから」

「吐き気がする」

「お大事にね。飴あるけど、いる？」

ヨイチはじっと安福師範を見つめた。黒い霧が玉の形に集まったような師範の黒目がちの瞳であった。ヨイチは他の僧侶らが安福師範に従っているわけに勘づいた。

ヨイチが口を開くと、大粒の飴がそこへ放り込まれた。

「腕で引いちゃいけないよ、ヨイチくん。肩で引くんだ。肩だよ、肩。肩で引く」

一週間が経った。この頃、ヨイチの修練に安福師範は口を挟むようになった。元来、ヨイチは指図されることを好まない。どれだけ的確な言葉でも若い我の強さがまず反発してしまうのだ。ところが安福師範の声には心へ染み込んでくる魔力があった。

ある夜更けの教鞭だった。

「なかなかはかどらないねぇ」

「はかどるもなにも……」

　ヨイチは呻いた。連日の行射で肩は震え、精密な一射などはすでに諦めている。今はただ意地を貫いて千射を達するのみが心にあった。十分な睡眠は取れず、寺院から供される食事は油っけのない侘しい精進料理。体力が戻る由はなかった。安福師範の声も、遠く聞こえる気がしないでもない。

「君は目がいい。とってもいい。持って生まれたものだ。弓取りに目の良さは欠かせないからね。けど、なまじ目がいいから、これまでの覚え――勘を使おうとする。ほら、今も――」

　ヨイチの弓が弦鳴りを発した。矢はへろへろと飛んで安土に跳ね返されていた。

「勘で狙ったね、ヨイチくん？」

「今のは肩で――」

「いいや、言い訳を言っても僕には分かる。矢っていうのはね、指で狙うものなんだ。肩で引き、指で狙う。分かる？」

　ヨイチが射ると、

「またぁ。違うって言ってるじゃない。五体のすべて――爪の先にまで意識を張って射るんだ。意識を張るっていうことはね、仮に君の睫毛《まつげ》の先をそよ風がなでていっても、それを嵐のごとく皮膚に感じなければならないということだよ。今まで君がやっていたのは、弓じゃない。ただなんとなくやみくもに射っても、それがすべてたまたま的に中《あた》ってただけだ。そんな地力のない射で、猛者に敵うなどと考えるはお笑い種だね」

「では、どうすれば？」

「君には今、的が遠くに見えている。だから狙おうとする。それでは駄目だ。目の前に、的を寄せてこなければ。いいかな？　矢じりが的場へ差し向けられた時、おのずと的は極めて身に近い距離にあらねばならない」

「言っている意味が分からない」

吐き捨てる。安福師範は微笑を浮かべた。

「ま、ま、最後まで聞いてみてよ。そうすれば君も少しは拙さを捨てられる。その境地――言うなれば狙うほど的が近寄って来る感覚を君は得なければいけない。すると狙うのではなく、中てることを心身は覚えていく」

「狙うのではなく、中てる……」

「そう中てる。すぐそこにある的に中てる。だから、簡単でしょう。中てる、中てる。中てる……さ、手が止まってるよ。続けて」

ヨイチにはまだ的を寄せ込む感覚はつかめない。そもそも、口先の言葉などで悟れる術理ではないように思う。矢は、立て続けに四本も的をそれてしまった。

安福師範はため息をこぼした。

「君にはなんとしてでも上達してもらわないと困るんだよねぇ。かわいい後輩から頼まれた手前もあるし、僕も先輩の意地がある。それに、アスカちゃんにはたっぷり寄進もしてもらっちゃったんだなぁ、これが」

「生臭暴力坊主集団」

「お褒めにあずかり光栄の至り」

ヨイチの罵りを安福師範は軽く受け流してしまう。それから、何か思い出したらしい面持ちとなった。

「そうだ、明日は一日、僕は君の面倒をみられない――というより、この道場に人は来ない。催事があるんだ。みんな出払っちゃうからね。だから自由に使うように」

本当の気持ち

広い道場にはかすかな人の声が切れ切れに届くだけで、そのほかに雑音もない。ヨイチ以外の人影もない。平常、ここで弓の腕を練っている大方の者は、早朝から表の寺社に回って安福師範の言うところの催事を手伝っているらしい。

ヨイチには好都合だった。疲弊《ひへい》しきった頭に繰り返されている師範直伝の極意を試す良い機会だったからだ。

日は高くなり、傾いて、沈んだ。夜になったと気づいたのは、精神よりも肉体の方だった。ザッと、林の頭を揺らして吹いた夜風が、ヨイチの弓道着の懐にまでもぐり込んできて、彼は時間の感覚を取り戻していた。

陽射しのような月明かりだった。止まない春風に波打っている林の上で白い月が輝いていた。

ヨイチは弓構えを解いた。夜空に見とれたためでもあるし、道場の戸が開いて、そちらに意識が向いたためでもある。

シュテンが禿頭をのぞかせていた。

「集中、切らしたか？」

「いえ」

「差し入れ、持ってきた」

シュテンはファストフードの紙袋を振った。

「いつもは持ってこれる空気じゃねえし。今日ぐらいは、な」

そういう言うシュテンに、ヨイチのこけた頬は笑みを浮かべてみせた。

二人して、道場の壁に背を預ける。礼もそこそこに、袋からローストビーフを挟んだサンドイッチを取り出し、一心に頬張ったヨイチだった。用意されていたスポーツドリンクも、瞬く間に飲み干してしまう。

「練習、きつそうじゃな、だいぶ」

ヨイチの腹がくちくなったのを見計らって、シュテンが口を開いた。

「まあ――」

ヨイチは喉を鳴らして、二本目のペットボトルも飲み干してしまった。

「きついって感覚は三日目でなくなりました。あとは、もう無我夢中って感じです」

「すげえな、お前はやっぱり」

口端を少し緩めて、シュテンは言った。

「シュテン先輩、ギョウブ部長たちは？」

「今日ばかりは、家に帰らせてる。明日の朝、また来てくれる」

「迷惑かけて、すんません」

「――それ、ギョウブにゆうてやれ。喜ぶぞ」

「気が向いたら、そうします」

シュテンは軽く膝を抱えた指先を見つめた。

「みんな春からは離れ離れだからな。まぁ、最後の思い出作りってやつだよ」

「部長たちは――？」

「ギョウブは東京大学。あいつ、べらぼーに頭が良いから。オロチも県外の大学に進む。ギョクトは実家の酒蔵継ぐために、その修行始めるんじゃと」

ヨイチは持ち続けていた疑問をぶつけてみた。

「シュテン先輩は、なんでその……」

言い淀みながらも、指で自身の頭をさし示してみせる。

シュテンは、小さく笑んだ。

「ギョウブと同じんよ」

「……？」

「俺、ユウちゃんに告《こく》ったんじゃ」

「知ってます」

「ふられちまった」

「……そうなんですか」

「その時、なんて言われて袖にされたか分かる？」

「……なんて？」

そうたずねるヨイチを、シュテンは黙ってじっと見つめた。しばしして、笑い声を上げた。

「教えねぇ」

「え？」

「沼らせ男め」

罵りのようでもあるし、謎かけのようでもある口ぶりなのだ。ポカンとするヨイチの肩をシュテンは友人らしい気安さで叩いた。

「俺は吹っ切るために安福さんにすがってる。お前もそうじゃろ。じゃっでも、たまにゃお前から彼女のこと察してやってもいいんじゃないか？　せっかく長か間待ってもろうてんだ。こんまま待ちぼうけを食らわすつもりか？」

言い残して、あとも見ずに出て行ってしまうのだ。

シュテンの言葉が耳から離れない――ヨイチは以前の傷心を思い出した。思い出したというよりも、目を逸らしてきた自分の心に向き合わされたと言っていい。

浅ましい自分の本心。忘れたと思って、代わりに弓にぶつけてきた情熱も、その半分は、未練であった。

行射を再開してもなお、あの時のやるせなさと悔いが頭をもたげてきて、今夜の射にはとんと力が入らない。胸をしめつけてくるわだかまりのせいで、かえっていらない箇所に力み込んでしまうほどだった。

シュテンが去って、さらに数時間が経った。会から離れへためた矢を解き放とうとした瞬間、ヨイチは息を呑んで頭を大きく反らしていた。張りつめた弦が、ブツッと大きな音を立てて、半ばから切れたのだ。鞭のように空を切った弦の断端部が、ヨイチの眉横を鋭く掠める。

「う――」

と呻いたヨイチは、とっさに弓を落として片目へ手を当てた。激痛に襲われたのだ。離した手のひらには血がべったりと付着している。

目が潰れた――と一瞬は慄然としたが、こんなふうに見えているということは視力に影響はない、とすぐ考え直す。患部に指を這わすと、そこはこめかみから眉尻にかけて傷口が開いていた。

止血のための布切れは手許にない。ヨイチは道場を出た。自身の部屋へ戻っていく。

その足取りは、自分への憤激で荒ぶっている。

弓に潜らせるべき心が、迷妄に浮ついているからこその手落ちだと思う。自分の始末の悪さに腹が立ってきてしょうがなかった。だが、自室に向かうまでの暗い廊下を歩くにつれ、ヨイチは怒ることにも疲れ果ててしまった。

ここまで達すればよし、という終点が見えてこない。一人修行のつらさをヨイチもようやく噛みしめていた。

安福師範は常に至らないところを指摘してくる。何よりも悔しいのが、その至らなさを修正できない自分だった。

こんな筆舌に尽くしがたい修業に日々を費やして、いたずらにもだえ苦しんでいる自分が馬鹿に思える。

脱け出そうか、手のひらの血に目を落とすと、そんな弱音まであぶくのように喉元へせり上がってくるが、さすがにこの期《ご》に及んで易きに流れるわけにはいかなかった。

倦《う》んだ自分を活性させる気合い——それがひたすらに欲しい。

そう思って角を曲がった。

ふと、ヨイチは不審を覚えた。自分の部屋はすぐ先にある。その部屋の内に灯りが差していた。

ムカイたちか、そう疑ってそっと戸を開けると——

「……あ」

ヨイチは戸口に立ち尽くした。折った座布団を枕に、身を縮めて眠り込んでいるユウを部屋の真ん中に見つけたからだ。

「ユウ?」

気抜けした顔で彼女をのぞき込む。どうも自分を待っていたらしい。が、まさか深夜まで一度も部屋へ戻ってこないとは思わなかったようで、長い時間待機している間、うっかり居眠ってしまったのだろう。

「……ユウ」

身を屈めて横たわった肩を揺すると、少女はガバと起き上がった。やや焦点の合わない目で呆然と見上げてくる。

「あ……ヨイチくん」

およそ三か月ぶりに顔を合わせた。嬉しくもあり、気恥ずかしくもある。しかもまさかこんな場所でこんな時間にこんなふうにとは――ヨイチは我知らず苦笑してしまった。

反対にユウは眠気に虚ろだった瞳をはたと見開いた。

「あっ、そ――えっ！　大丈夫っ？」

凝然と、片手で半分隠されたヨイチの顔を見つめてくる。抑えた指の間からあふれた血は、手首にまで赤い筋を作っていた。

「ああ、ちょっと――」

「座って！」

ヨイチの言葉にユウが言葉をかぶせる。あまりの剣幕に、ヨイチはおとなしくその場へ腰を落とした。すると、ユウは壁際に寄せておいたポーチからウェットティッシュや消毒液、ばんそうこうを取り出してくる。

「診てみるからね」

ヨイチの手をどけて治療を試みる。ヨイチは自分でもできると言いかけたが、ユウは聞く耳を持たないし、わき目もふらない。ウェットティッシュでさっと血がふき取られ、赤く開いた傷を消毒したあと、ばんそうこうが貼り付けられる。

血を見たユウは我を忘れて慌てていたし、ヨイチはヨイチで、ユウの気迫にされるがままだった。

気忙《きぜわ》しい再会の余韻が薄れてくると、代わりに濃く意識されるものがある。それは気まずさだった。しだいに沈黙を苦にし始めた二人は少しもじもじと互いの真意をはかり始めた。

「はい、おしまい」

「うん」

「…………」

ヨイチの頭からユウの手が引かれた。

すると、小部屋に黙然と重い空気が漂った。

目と目を見交わす前に、言おう言おうと散々考えたさまざまな言葉は、ユウの頭にも、もちろんヨイチの頭にもこの際なかった。

「来てたんだ」

「うん」

「どうして、この寺に？」

聞けば、安福寺の本堂を今日一日、春の茶会に使わせてもらっていたという。ヨイチは安福師範が言っていた催事の正体を知った。

「そうだ、ヨイチくんにあげたいお茶があって」

「お茶？」

ユウはいそいそと準備に取りかかった。ちょうど、ふすま向こうの隣の一室が茶室になっているらしく、ヨイチは首を伸ばして、薬研《やげん》を擦ったり、茶釜の湯を汲んだり、茶筅《ちゃせん》を回したりするユウの所作を眺めていた。

そっと、前に置かれたのはなんの変哲もない緑の茶。だが、匂いは薬効の香をそこはかとなく感じる。

「漢方茶です」

「そういえば、ユウの家は生薬にも明るかったね。一家相伝の秘茶があるとか——じゃあお点前《てまえ》ちょうだいいたします」

熱いうちにごくりと飲んでみる。

「どう？」

「……苦くて渋い」

とつぶやく感想がそのまま表れたようなヨイチの顔を見て、ユウはくすくすと笑った。

「筋肉疲労と重だるさ、風邪予防、血行促進、それに関節痛を和らげてくれて、安眠にも効果があるんだよ。これで、ヨイチくんの応援ができればいいなって、私、考えて……」

語尾はやや力なくかき消えてしまう。

ヨイチもそれを機に無言に戻ってしまった。

本当に交わしたい言葉は、そんな上っ面で他人行儀なものではない。

だが、二人とも照れて、尻込みして、頭が真っ白になっていた。

「前みたいに笑い合いたい」

という一言が出てこないのである。

ユウはうつむいて切り出そうかどうしようか思い悩んでいたが、やがて、意を決したらしい。

「ヨイチくん――」

言いかけて、驚きに口を半開いた。

膝に手をついたヨイチが、深く頭を下げていたからだ。

「――ごめん」

ついにヨイチもありのままを述べた。

彼の脳裏ではシュテンの言葉や姉の忠言が明滅を繰り返していた。

「僕は君に言わなきゃいけないことがある。どうも僕は君にすごいって言われる男でいたかったみたいだ」

伏せた面をユウの前に持ち上げた。

「嫌な意地を張ってごめん。僕は君に許してほしい」

「……初めてだよね。ヨイチくんが私にしたいことを言ってくれたの」

みるみるうちにユウの瞳は潤んだ。それをぬぐう指先は震えていた。

「私、ヨイチくんみたいになりたいっていっつも思ってた」

打ち明ける。

「人前に出てもあがらないし、勉強もできて、運動もできて、なんでもすぐにできちゃう。いろんな人から頼られて、いつも堂々としていて……」

「…………」

「だから、ヨイチくんがそんなへこたれてるなんて似合わない！　もう一度、すごいって言わせて！　ヨイチくんなら必ずできる！　優勝なんて、お茶の子さいさいに決まってるよ！」

ユウが感極まった目で詰め寄ってくるのを、ヨイチはまっすぐ受け止めた。

「だってヨイチくんだから！　理由なんてそれだけで十分！……私も、ヨイチくんを困らせるようなワガママ言って、ごめんなさい。仲直り、したいです！」

理屈などない。ヨイチへの信頼と勝利の確信があるからこその言葉――ふいにヨイチまでも、目元を潤ませてしまった。

「言わせてみせる、もう一度」

それから、ヨイチはふとうつむいた。

「……実は、君が取られるんじゃないかとすごく心配だった……」

その言葉つきは、秘めていた本心を喉から押し出すがために、気恥ずかしげでもあり、ともすれば独りごちるようでもあった。

この少し突飛な吐露は、ユウをきょとんとさせた。が、耳まで赤らめているヨイチの様子を見て、悟り得たものがあったらしい。

「……あはっ」

思わず、といった風にユウは吹き出していた。ヨイチは観念したはにかみを唇へ流すしかなかった。一方で、何か可笑しいような清々しいようなものが胸に膨らんできたとみえ、やがて、ユウに負けず劣らずの朗らかな笑みがその面へ静かに浮かんでいた。

笑い合って、ヨイチはまた湯飲みを呷った。苦くて渋いが温かい味だった。

烈《はげ》しい訓練のため、肩や手首、肘周りは赤黒く腫れ上がっていた。カクヤはそれをタマに揉みほぐしてもらっていた。

「もう止めようよ。やり過ぎだよ。肩が脱臼しちゃう。たくさん射って上手くなるなら、みんな上手くなってるじゃん。休むのも大事だよ。ね？　今日はもう……」

タマは浮かない顔で正論を吐くが、道場に寝そべったカクヤはうなずこうとしなかった。

「休まない」

頑迷に告げる。

少し離れた道場の床上に久光はござを敷いて座っていた。

「カクヤくん、いつまでそうしているのですか」

「む」

立ち上がって、立てかけていた弓を手に取った。

もろ肌を脱いでいる。黒袴に白足袋だけの姿が射場に立つ。

矢をつがえるまでもなく、両腕には振戦《しんせん》がきたしていた。

その震えを抑えつけるために、彼の全身は甲冑のように張りつめている。脂汗が盛り上がった肩や首筋ににじむ。歯を噛みしめるカクヤの目は血走っていた。

甲矢《はや》を射込むまでもなく、カクヤの指は握力の限界を迎えて、弓柄も弦も支えきれずに手放してしまった。その拍子に矢は道場からほんの先の——矢道の半ばに突き刺さり、衝撃で跳ねた弓は久光のすぐ横手へ勢いよく倒れた。

すさまじい音響が道場に満ちる。きゃっと控えの座に下がっていたタマの方が思わず顔を覆ったが、久光はびくりともしない。静かに弓をつかみ寄せ、低い位置からカクヤに差し出すのだ。

「何を呆けているのですか。続けなさい」

「待って！　おばあちゃんもカクヤくんも！　腕がおかしくなっちゃうよ！」

「うん」

「珠音《たまね》——お黙りなさい」

いつになく怖い久光の目だった。タマは張り手でも食らったように思わず肩をすくめていた。

何度も中断を呼びかけているタマだった。だが、それも無理からぬことであった。

一日千射を決めたカクヤの修練はどんどん狂気的に変質しているように思えて、彼を慕うタマには見過ごすことはできなかった。

曲物《まげもの》に紙を張った通常の的はすでに用いられていない。藁を人の頭部型に編み込んだもの——今やそれが標的だった。矢は幾本も安土の手前に立つ藁頭へ食い込んでいた。

この春の休暇中、カクヤは家にも戻っていない。力尽きると、そのまま道場の床にごろ寝する。起きたら起きたで校舎の蛇口からホースで水を浴び、もうそれで休息は終わりだと言わんばかりにまた弓を取る。食事もろくにしない。電話にすら出ない。

彼の肩と肘は矢の射過ぎで重度に腫れている。箸も持てないほど、指先は震えていた。ゆえに、生野菜やハムをそのままかじったりする生活だった。

久光はカクヤのそういう波乱な研鑽《けんさん》に異を挟まなかった。それどころか、けしかけるように口出しするのだ。

「弓は忍耐ですよ、カクヤくん。弓は心技体の三つがそろって初めて完成します。それは長い人生の完成と同じことです。あなたのような青二才が、簡単に至る域ではありません。勝ちたいのなら、相手より一本でも多く矢を射ることです」

などといらぬ発奮を起こさせるのである。

それが、タマにはひどく残酷な所業に映ってならない。

「どうしてここまでしなきゃいけないの？　カクヤくんは二度もヨイチくんに勝ったんでしょ？　ならもういいじゃん！」

たまらず、両者へ怒声をぶつけるのだ。

それに――とそこへ付け加える。

「妹ちゃんの手術だって今日なんでしょ？　行かないと！」

だが、カクヤの返事は、淡々としていた。

「行かない」

「なんで――なんでそんなこと言えるの？　カクヤくんっ！」

冷たく胸に響いたのだろう。タマの瞳は怒気を含んでいたが、声はさめざめと泣いているようだった。

「俺だけじゃなくて、妹のことまで心配してくれてんだ、タマちゃん。ありがとよ、その温かい言葉だけで、俺はもう何もいらない。妹をおいて、俺を俺以上に心配してくれるのはタマちゃんだけだよ」

「じゃあ、今日はもう止めよう」

「止めない」

「なんでっ」

「前にも言ったろ。俺は、これが好きだから。これのためなら、向こういっさいの人生は捨ててもいい。そう思えるくらい好き」

タマはカクヤの手首を取った。

「好きだからってなんでそこまでするの？」

「だって、アイツは俺よりも腕が良いから。そう思えるアイツと力試ししたい。うん――ただそれだけ」

カクヤは、タマの手をやんわり外した。

「アイツと初めて立ち合った時な、久々に目の前がスッキリした。だから、もう一度やりてえんだ。こんな気持ちになったのは初めてだ。それにあの時はズルしちゃったからな。今度は真剣勝負で挑まないと、気が済まない」

つむぐ言葉の端々《はしばし》に雄々しい自負心が瞬いている。

「そうだ」

不意にカクヤは鞄を引き寄せた。何か取り出してタマへと向き直る。

「今月の彼女料」

ぶるぶると震える指が三枚の札を差し出していた。

その手をタマは跳ねのけた。

「こんなの――いらないよっ！」

目をぬぐって外へ飛び出して行ってしまう。カクヤは固まって、甲高い怒鳴り声とともに駆け出て行った後ろ姿を見送っていた。それからゆっくりと道場に散った現金を拾い上げていく。

その寂しげな背に、声が届く。

「孫を嫌わないでくださいな」

「分かってるよ、師匠」

カクヤは思わず――といったふうに座り込んでしまった。

「なあ、俺には無理かな？　勝てないかな？」

久光はこう答えた。

「お弟子さん、弱音を吐くふりなど、そんな贅沢があなたに許されているとお思いですか？　肩が外れることぐらいなんですか。肉体の不調などはいずれ癒えます。今は精神を果てなく練り上げる段階。ここで止めては元の木阿弥《もくあみ》。徹頭徹尾、限界を超えたその先まで続けなさい」

重ねて、叱りつける。

「会の長さは命中率の高さに直結します。早気の人間に大成はありません。カクヤくん、あなたはこの百射ほど腕の疲れに乗じて手を抜いていましたね？　もったいないことをせず、じっくりと狙いなさい」

「なんて手厳しい師匠だよ」

「私の先輩仕込みです」

ニヤッとカクヤは笑った。唸り声を上げて、彼はまた立ち上がった。


奇しくも、二人は同じ負荷で自分を鍛え抜くこととしたのである。

ヤツに克《か》ちたい。どうしても勝ちたい。克ちたい、勝ちたい。自分の力を認めさせたい。相手の上へ超えていきたい。相手よりも高い位置に自分を置きたい。勝ちどきをあげたい。ヤツよりも先に行きたい。そうなっている自分でありたい――

自分より優れた人間へぶつかりたい。自分がどの位置にいるのか確かめたい。自分の力を試したい。確かめたい。前の自分より一歩前に進んだ自分でありたい。自分の極限へ到達したい。満たされたい。自己へ満足を与えたい。力の限りを絞り尽くしたい。自分の完成を成したい。アイツと全力全霊で立ち合いたい。そうしている自分でありたい――

最初は確かに、漠然とした競争心に過ぎなかった。自分より優れているとは思いもしなかった。ところが今、二人の胸の奥で熾火《おきび》のようにたぎっているのは、確固たる対抗心であった。勝ち星への欲求だった。

この春中、二人は一度も顔を合わせなかった。ところがお互いに何を考えているのかは、澄んだせせらぎをのぞき込むように、腹の底まで不思議と分かり合っていたのであった。

弓張の夏

仲夏の日。炎天下の鹿児島である。六月の半ばだというのに、今日に限って桜島を巡る南薫《なんくん》さえもへたばるほど陽射しが強い。

午前中とはいえ、蒸し蒸しと、立っているだけで汗が垂れる。首元を大きく開けて歩いていく高校生の一団がある。麦わら帽子をかぶった双子を胸に抱えて横断歩道を通って行く若い夫婦や、老齢の観覧客もいる。横に並んでどっと笑い声をあげた男女は弓道着を着ていて——

鹿児島武道館の大玄関は、朝から引きも切らない人の出入りだった。

ヨイチとカクヤが鉢合わせたのも、広壮な棟のその門前である。

「…………」

出会い頭だ。顔を突き合わせた一瞬は、互いにどちらも押し黙った。それぞれ二人の背後に連れだって来たユウとアスカ顧問、久光もなんとはなしに相手の出方をうかがっていた。

先に口火を切ったのはヨイチの方だった。

「地方予選は勝ち上がったのか」

カクヤの腰元へ目を落としたヨイチは、そこに出場選手のみが縫い込めるゼッケンを認めた。

「見ての通り。そっちの調子はどうだい？」

と返すカクヤに、

「まずまずだ」

ヨイチは、低く言い返した。

あいさつなどはない。そんなぬるい関係ではない、と二人の心はさっそく火花を散らしている。

次いで、カクヤの肩に担がれた弓袋をヨイチは睨んだ。その中身がなんであるかは、いちいち問うまでもないことのように分かりきっていた。

「物欲しそうな目ぇすんなよ」

カクヤは白い歯をニッと見せてからかった。

　そこへ。

「カクヤくん！」

　遅ればせに合流してくるタマの姿があった。彼女は一台の車いすを押していた。ちょこんと座しているのは、まだ十一、二歳ぐらいの年端もいかない少女である。

「お」

　二人を目にしたカクヤは表情を明るくさせ、そちらへ歩み寄っていく。

　ヨイチは車いすの人物とカクヤの表情を見やって、ふと機転を働かせた。

「行きましょう」

　とアスカ顧問とユウへ告げる。カクヤたちをそこへ残したまま、一足先に館内に隠れてしまう。

　車いすの少女は、タマに礼を述べ、ほっそりとした白い面でカクヤを見上げた。

「今日、頑張って。カクヤくん」

「もう外に出てもいいのか、妹よ」

「うん、先生が行ってもいいって。タマネさんも付き添ってくれてるから、大丈夫」

　カクヤはタマへ視線を移した。感謝の念に堪えない、という目元だ。

「ありがとな、タマちゃん」

「ううん、そんなの――めっちゃ応援してるからね！　あんなに頑張ったんだもん、絶対優勝できるよ！」

　言っているそばから、早くも感情が高ぶってきたふうなのだ。涙もろい彼女の瞳はうるうると、もうこぼれ落ちそうなものを光らせている。

「メソメソするな、インターハイの予選に。俺に心残りはねえんだ。勇ましく散るところを刮目《かつもく》して見ていてくれ」

　胸を叩いてみせる。

「駄目だよ、散っちゃ」

　思わず微苦笑を浮かべて、車いすの少女は眩《まぶ》しげに義兄を見上げた。


　インターハイ鹿児島県予選、弓道個人戦。大会日程として、団体戦に先んじてとり行われる試合である。各校にとっては、ともすれば前哨戦、あるいは小手調べともされる取り組み。

　だが、個人戦枠で出場する者にとっては、紛れもないガチンコである。

　いわば全国大会への切符を賭けた初戦だ。ここで大方の射手はふるいにかけられるといっていい。また、続く団体戦に弾みをつけるためにも、志望を掲げる射手にとっては重い責任を肩に負わされた局面でもある。

　その火ぶたを切る前に。

厳粛に行われるのが有段者による矢渡しだ。神前において大会の開催を告げ、万事円満を祈願するための行射である。

思わず走り出してしまいたいような広い弓道場だった。そこに人は群れなして詰めかけているが、射場に立つ人間はたった二人だけだった。

アスカ顧問と久光である。

両者とも黒袴を胸まで上げた凛然たるその道の姿だ。アスカ顧問は銀に近い白髪を頭の高い位置でぎゅうっと縛り、久光も薄化粧を施した面に言い知らぬ気迫を漂わせている。

控えの内の人々は、固唾を呑んでそれを望んでいた。入りきらない人数は、幅広の矢取り道へ出て、十重二十重《とえはたえ》に人垣を作り、道場をひっそりと見守っている。

元は同じ道場で腕を競った二人。

若き日には、一人の男性を巡って争ったこともある。時に、ことさらに反目し合ったこともある。いらぬ手心を加え、生涯忘れ得ぬ敗北感を刻み刻まれた間柄。悲喜交々《ひきこもごも》、因縁浅からぬ二人。

むろん、そういう過去の事情を大半の人間は夢にも思わない。

全員が期待しているのは、やはり二人の腕だ。

アスカ顧問は教士八段。

久光は教士七段。

称号位を持つ者——弓道家にとっては、雲上人ともいえる人間が射場に上がっている。見逃すのはあまりにもったいないという思いだった。

矢渡しは作法であるため介添え役も数名追従しているが、いずれも固い顔だった。射法にわずかな歪みも作らないように、彼らの射手に合わせた動きは整然としていた。

矢渡しはあくまで儀式に違いないが、射手が二人並べば、それはもう競射である。どちらが上なのか、という単純な興味は尽きぬところだった。使う矢は一手、つまり甲矢と乙矢の二本のみである。

アスカ顧問の一射目は、霞的の真ん中を射抜いた。

対して、久光も応えるように、自身の的へ矢を突き立ててみせた。

二射目もアスカ顧問はつつがなく的中を果たした。

速やかで静か——人目にはそうとしか見られない。しかし、精神を通して二人の老いた血潮の中では不可視の乱闘が交わされていたのである。取っ組み合いよりももっと粗雑で、乱暴な、見るにたえない噛みつき合い。罵り、吠えかかっていく静謐な大怒号が、聞こえずとも見る者の鼓膜を響かせていた。

その時、心でアスカ顧問は一歩進んだ。久光はその意力に退いた。こめかみを流れた汗が目じりの皺で潰れて、久光の白目ににじわっとにじんだ。

左手の甲にまで回った弦は、的の音を発さなかった。土くれのこぼれるように、その崩れる音が人々の耳には聞こえたか聞こえないかぐらいの静けさであった。

勝敗を考えるならば、誰が見ても明らかだ。が、それを口にするのは憚られるようにこの一瞬だけは全員黙然としていた。アスカ顧問も久光も終わりの作法を道場に尽くして、下がりかけた。

その眼前へ、久光がそっと立つ。環視《かんし》が放つ無言の動揺には目もくれず、

「お見それしました」

という一言とともに深々と頭を下げた。

「………」

アスカ顧問はうなずきもしなかった。非常な驚きを瞳にもって、久光の丸まった背中を見つめているのだ。

久光は一礼した姿を人々にも見せると、道場の出口へ音もなく消えていった。

それを機に、肩の力が抜けたようにホッと誰もが吐息をこぼす。矢渡しの終わりを見て、矢取り道を引き返してくる群衆もいた。張りつめた顔で袴の裾をひるがえし、足早に道場の方へ戻り始める選手もちらほらいる。

やや時が過ぎ、道場の端から端に、射手たちの立ち並んだ様子が見られるようになった。

個人戦の始まりだ。彼らはその第一陣である。

——久光は控えの一間で、後進たちの鳴り響かせる的中音に身を包まれていた。

その格子戸をがらっと無造作に開けて、カクヤが顔をのぞかせた。

「師匠」

とだけ言って、畳の上へ座る。久光は小さく笑んだ。

「負けてしまいましたねぇ」

あとくされのない声色でこぼす。

「うん」

カクヤは小さく応えた。彼の瞳には、彼女に対するひたむきな尊敬がともっていた。

久光は、ずっ、と膝をカクヤへ向け直す。

「あとはお弟子さんに期待します」

発破をかける。カクヤの眼差しはとたんにぎらついたものへ変容した。

「師匠、敵《かたき》は俺がとってやるぜ」


個人戦は滞りなく進行していった。

一射一射が全力だ。応援に駆り出された一団は、最初は夏の酷暑もあり、多少の野次馬気分もあり、声がけに力が入りきらない態度だったが、射手たちの気勢にいつのまにか自分が矢をつがえているような錯覚を抱くほど、没頭して見入っていた。

的中の都度。

「よぉし――っ！」

と放つ大声にもすさまじい熱がこもっている。

個人戦決勝という段にもなると、いよいよ母校の選手へ送る彼らの檄や喝采は力強くなり、会場はどよめいていた。

そうした喧噪をよそに、武道館の内外ではこうささやかれ出す私語があった。

「あいつだ」

「道場破りなんだろ？　持ってるのは、ヤサ高から戦利品として持ち帰ったもんだとか」

「じゃあ、向こうさんからしたら雪辱戦ってやつか。相手方を倒して取り返そうって肚《はら》なんだろうな」

「向こうさん――八坂実高校の？」

「そう、ほら、あの細いヤツだ。ちょうど、同じ射場に立ってる。優勝争いだなんて、こりゃ見もの」

ヨイチとカクヤ、及び例の竹弓にまつわる噂が衆口にのぼって久しい。

どうもそこそこな腕らしい――いや、姑息《こそく》な真似してだまし取っていったヤツだとも聞く――そんなヤツにやられるなんてヤサ高もたいしたことない――だけど決勝まで残ってああしてやり合ってんだ、やっぱりたいしたもんだよ――人々はこぞって毀誉褒貶《きよほうへん》を口にしながら、的場に物見をする二人を眺めていた。

ヨイチとカクヤは互いに四本の矢のうち、すでに三本を射尽くしていた。

二人の的にその三本はそっくりそのまま刺さっている。

決勝の場である。次の一射で勝敗は決する——と固唾を呑んでひしめいている観衆だった。館内ではユウに加え、遅まきながら駆けつけたギョウブたちが、口も開かずヨイチを注視していた。矢取り小屋にほど近い位置には、タマとカクヤの義妹が人だかりに紛れ、手を結んで道場を見つめている。

射場には四人が立っていた。カクヤとヨイチの他に決勝へ勝ち進んだ他校の手練れが二人。しかし、一人は最後の最後で一本中《あ》て損なっている。もう一人については、ヨイチとカクヤに比肩する実力を有していた。

ヨイチが矢をつがえた。息合いを計って、後続のカクヤともう一人の射手もそれに倣《なら》う。

キリキリと引き分けられていくヨイチの弓は、残心のために長い会《かい》へと整えられた。

——ビュゥンパンッ！

弦の音が溶ける前に、的は鳴りを響かせている。

どっと、八坂実高校の弓道部が狂喜の歓声を奔騰《ほんとう》させた。

続くカクヤの四射目だった。

打ち起こされた矢が横を向いた頬まで降りてくると、ぴたりと時が止まったように弓掛も弦も静止した。カクヤの瞳はまじろぎもしなかった。

皆が、シンとして見守った。

ヒュゥッパン――

的を貫いた矢の風切り音はむしろ小さい。寄せては返す波のように、静かな的中の余韻が矢道を囲む人々の耳へ届いていた。

が、ことさらに声援を送る者はいない。真布津高校の弓道部は、実質カクヤとタマの二人が正規部員で、規模でいえばまったくの弱小に属し、応援団などは存在しなかった。

最後の射手も皆中をなした。三人そろっての四射四中である。

「………」

もつれ込んできたぞ――と衆人の目という目はそわそわし始めた。

優勝を決める場面だ。この優勝でもって、夏の全国大会への県代表が決定される。インターハイ個人戦の代表枠は二つ。そこで立ち合っている人間の心情はともかく、この競射はいわば通過点に過ぎない。勝負の決着は厳正に求められ、同中一位でもって、三人仲良く一等賞はあり得なかった。

とすると――と見ている人々は口々に耳打ちし合った。

「射詰《いづ》めだ」

実力伯仲の射手が同中になった時、どちらかが外すまで矢を射続けるのである。

純粋に中て続けた方の勝利。問答無用で外した方の敗北。客たちの肌はゾクゾクとそそけ立っていた。見張った目を前に突き出して、首を流れる汗も忘れている。

早々に、一人が脱落した。

ヨイチとカクヤが残った。

当然だと考えた者は案外少ない。鹿児島弓道において名門と定評のある八坂実高校に在籍しているヨイチはともかく、カクヤの所属する高校は、少なくとも弓の道では無名であった。人々の真布津高校への印象といえば、撤去寸前の弓道場が残されているだけの高校、というものだった。加えて、二人はまだ伸びしろを期待できる二年生でもある――

もっとも、そんな他者の細々とした評議などヨイチの頭にはなかった。

一射一射が、岩石を引きずるように重く苦しい。胸郭《きょうかく》が爆《は》ぜそうになるほど、鼓動は激しくなっていた。にもかかわらず、頭の芯は涼やかだった。

なぜか、カクヤの寂《じゃく》とした庵が頭に浮かんだ。

また頭の別の片隅では安福師範が最後に口伝した弓への心構えが浮かんでは消え、また浮かんでいた。

煮詰まった射手の頭は無音になる、みなぎるのは何も考えない集中――

透明な水が上から下に流れて行くのを眺めている、うっとりとした時間――

それに心を遊ばせている感覚――

ヨイチはその心境に、ごくわずか近づいた。

脳波が平坦になっていくのを感じる。張りつめていた神経が、霧のように薄く広がっていく。自分が矢を何本射込んだかは、もう頭になかった。介添え役が差し出してくる矢をただ的へ渡す。ヨイチはその中継でしかなかった。

カクヤも同じ思いだろう。ふわふわとそんなことも考える。

ヨイチはこの境地に自分を至らしめた相手へ、感謝に似た気持ちを抱いた。自分の壁となろうとする者、圧倒する者、気力を奮い立たせてくる者——そういう手合いへの感動だった。

この競射の終焉に名残惜しさすら覚える。

ヨイチは思い出したようにまばたきをした。

その時、口の中で言ったか言わなかったか、ヨイチの唇がうつつなつぶやきをこぼした。

「あ……。近い……」

対するカクヤは、あるかなきかの安堵の笑みを口元へ浮かべていた。

「あれ。いなくなった」

ヨイチの矢が、的へ叩き込まれた。

カクヤの矢が、的をそれた。矢は、的の縁から拳一つ分、上方向に突き刺さっていた。

正午となった。個人戦が終わるとすぐ、団体戦が始まった。気散じの恐れのある昼休憩などは挟まないし、誰も望んではいない。昼食などは各自の判断で摂られる。定刻となれば五人の選手たちが道場へ勇ましく入って、やがて悄然《しょうぜん》と出て行ったりする。

カクヤは、館内の壁にぐったり座り込んでその様子を眺めていた。あぐらをかいて、弦を外した弓を横手の壁へ立てかけている。

久光が、その眼前に立った。タマと車いすの義妹もそばに寄った。カクヤは高いところにある久光の目を見上げた。

「見てくれたかい、師匠。俺の一射入魂」

「ええ、見ましたとも。褒めてつかわす」

「つかわされる」

久光は、カクヤの頭を慈しむようになでた。

「でも、わりぃな。負けちゃったよ、俺」

「いいえ、美しい残心でした。涼やかな風を感じました。それに謝るのは私の方。私が、もっと正しい教えを授ければ、あなたが外すことはありませんでした」

「でも――」

カクヤは何かを言いかけた。

分かっている、というように久光はうなずく。

カクヤは微笑を浮かべた。

「負け負けコンビだな、俺たちは」

「ふふふ」

その微笑へ応えるように久光も微笑んだ。

「悔しいー！」

が、やはりタマはやりきれなさに悶えているらしく、ぽろぽろと白玉のような涙を目じりからこぼしている。自分のことのように地団駄を踏んでいた。

「泣いてくれ。悔し涙、俺の代わりに流してくれ」

「あんなに――めちゃめちゃ――頑張ったのに！」

「だな。でも一区切りつけられた。こんな気持ちいいことはない。それに――弓は作法、なんだろ？」

以前、タマが言った言葉を口にする。

「な？」

と、最後の同意は車いすの義妹に向けられた。

にこり、と称賛の笑みが返される。久光を真似て、カクヤの妹はそっと手を伸ばした。

カクヤは自ら頭を寄せて、なでられてやる。

そこへ。

ヨイチの姿が近づいた。

カクヤの目配せを久光は汲み取った。

「さ、私たちも昼食といたしましょう。ウーバーでマックを頼んでおきました」

「やった。マック久々。嬉しい」

車いすの上ではしゃぐ少女だった。すすり泣くタマを連れて、三人は人混みの中へ消えていった。

ヨイチは言葉もなくカクヤの隣へ腰を下ろした。

「団体戦には出ないのか？」

ヨイチはたずねた。カクヤは首を振った。

「出ない。出場登録した四人にバックレられちゃったらしい」

と答える。ヨイチは小馬鹿にするでもなく鼻を鳴らした。

「お前って、バイトしたことある？」

次はカクヤから訊いた。突拍子のない質問にヨイチはやや当惑しながら応じた。

「ないよ、ウチの高校はバイト禁止だし」

「ふーん」

「なんで？」

「俺もやったことないんだ、バイト。だから始めてみようと思ってさ」

「あんな――道場破りで武器狩りじみた真似しておいて？」

「おうよ。真っ当に稼いだオアシじゃ、贅沢な暮らしはできないわけさ。でも、もうその必要もなくなった」

カクヤは首を曲げて、今しがた立ち去った車いすの義妹を人いきれの中に探した。

ヨイチは、カクヤが素直にアルバイトなどできるのかと疑いながら目を細めた。

「で——どんなバイトする気？」

「そうだな……マックでポテトでも揚げようかな、まかないの冷めてシナシナになったポテト、師匠に持って行ってやろう」

「マックって、まかないとか出る？」

「ねえのか？」

「だから知らないって、僕も働いたことないし」

それからしばし、二人は黙りこくったままぼんやりと行き交う人々を見つめていた。

「おい。また来年、やろうや」

「うん」

ヨイチは吐息をついた。無限の喜びに心と脈が和んでいるようだった。カクヤの瞳もとろりと放心していた。

その横顔を一瞥して——

彼に対し、友情は感じないヨイチだった。

だが、こうも自分を昂然と陶酔させたカクヤに、言い知れぬ尊敬を持ち得てくる——すると再戦が、彼との次の競射が、待ち遠しくて今から身震いが出るほどだった。

ヨイチは、恍惚《こうこつ》とその未来を夢想した。

「——いたいた、ヨイチ。団体戦だ。円陣組んで気合い入れるから来てくれ」

と、自分を呼ぶ同級生の声だった。

ふと見ると、カクヤはもういなかった。代わりに、目に飛び込んできたそこには、一年前に奪われたあの竹弓が立てかけられたままになっていたのである。

終

あとがき

ご一読いただきありがとうございます。

ひと夏から次のひと夏にかけて、ライバルへのリベンジに燃える弓道部高校生の話です。

校閲、イラスト制作、スケジュール管理、印刷等、一冊の本となるまでに時間を割いてくださった各分野担当の皆々さま、関係者さまに感謝の言葉を贈ります。ありがとうございました。

もし、この本を読んで多少なりとも感興を満たすことができたのなら、これほど嬉しいことはありません。

加藤裕圭

著者プロフィール

加藤 裕圭（かとう ゆうけい）

1992（平成４）年生まれ、愛知県出身。
専門学校卒業後、プランナーとしてゲーム会社に勤務。退職後、
別名義でフリーのシナリオライターとして活動。

本文イラスト：yamamori
イラスト協力会社／株式会社ラポール イラスト事業部

射《い》なっ！

2025年１月15日 初版第１刷発行

著 者 加藤 裕圭
発行者 瓜谷 綱延
発行所 株式会社文芸社
〒160-0022 東京都新宿区新宿１－10－１
電話 03-5369-3060（代表）
03-5369-2299（販売）

印刷所 株式会社暁印刷

ISBN978-4-286-26145-4